浙江省高等教育学会2022年度高等教育课题(编号:KT2022424)研究成果

浙江省新型重点培育智库浙江省文化产业创新发展研究院成果

叙述 80 年代

——以文学研究为视角

郭剑敏 著

浙江工商大学出版社
ZHEJIANG GONGSHANG UNIVERSITY PRESS
·杭州·

图书在版编目(CIP)数据

叙述80年代:以文学研究为视角 / 郭剑敏著. — 杭州：浙江工商大学出版社,2022.10
ISBN 978-7-5178-5187-5

Ⅰ.①叙… Ⅱ.①郭… Ⅲ.①中国文学－当代文学－文学研究 Ⅳ.①I206.7

中国版本图书馆CIP数据核字(2022)第212268号

叙述80年代——以文学研究为视角
XUSHU 80 NIANDAI——YI WENXUE YANJIU WEI SHIJIAO
郭剑敏　著

责任编辑	任晓燕
责任校对	李远东
封面设计	朱嘉怡
责任印制	包建辉
出版发行	浙江工商大学出版社
	(杭州市教工路198号　邮政编码310012)
	(E-mail:zjgsupress@163.com)
	(网址:http://www.zjgsupress.com)
	电话:0571-88904980,88831806(传真)
排　版	杭州朝曦图文设计有限公司
印　刷	浙江全能工艺美术印刷有限公司
开　本	710mm×1000mm　1/16
印　张	10.75
字　数	165千
版 印 次	2022年10月第1版　2022年10月第1次印刷
书　号	ISBN 978-7-5178-5187-5
定　价	58.00元

目　录

第一章 高考恢复：80年代①以来文学中的高考叙事

1977年恢复高考，不仅是高等院校招生工作的一次大调整，在当时的历史氛围下具有预示整个社会发生重大转型和调整的信号意义，同时也标志着政治出身对个体发展起决定性作用的时代成为过去，凭借能力寻求个人生存发展的可能性正重新回到社会中。所以，恢复高考是社会活力的重新激活，给转型期的中国民众以巨大的心理安慰与精神激励。也正因如此，高考叙事成为20世纪80年代以来中国文学中的一个重要存在，它或者作为一个表现社会现实生活的重要题材被直接书写，或者作为一种叙事元素在组织情节、展现人物命运等方面产生着作用。围绕高考以及与之相关联的读大学的叙事有其丰富的文学内涵，它既与新时期以来的文学思潮内在相连，也与20世纪80年代以来的时代精神特质高度契合。

---

① 本书中"80年代"专指"20世纪80年代"。

一

　　回顾中国高等教育发展史,最早可以追溯到1862年京师同文馆的成立。中华人民共和国成立后,1950年教育部颁发了《关于高等学校一九五〇年度暑期招考新生的规定》,明确各大行政区分别在适当地点定期实行全部或部分高等学校联合或统一招生。1952年中国效仿苏联,取消了私立大学,全部改为公立,并进行了一次大规模的院系调整。同年教育部颁发《关于全国高等学校一九五二年暑期招考新生的规定》,要求所有高等学校实行统一招生考试,这可以说是中国高校第一次招生考试。"中国在 1952 年建立高考制度,在世界各国中最早主要采用统一考试成绩来录取高校新生,是世界高校招生考试史上的一个重大创造。"①而到了1966年,高考被取消,高等教育一度停摆。从 1972 年至 1976 年,恢复招生的高等学校基本上采用"自愿报名,群众推荐,领导批准,学校复审"的办法进行招生,这就是所谓工农兵大学生的由来。

　　1977年,再次复出的邓小平主持中央教育工作。是年 8 月 8 日,邓小平在北京召开了科学和教育工作座谈会,并在会上针对高等教育发表了讲话,果断地恢复了高考制度。1977 年 10 月 12 日,国务院批转了教育部的《关于 1977 年高等学校招生工作的意

---

① 刘海峰:《高考改革的理论与历史》,华中师范大学出版社 2016 年版,第 201 页。

见》，明确了报考人员的条件：即"（1）上山下乡和回乡知识青年、应届高中毕业生都可以报名。（2）具有高中毕业的文化程度才可以报名，而且必须通过大学入学考试。（3）政治审查主要看本人表现，破除'唯成分论'。（4）德智体全面考核，择优录取"[①]。同年10月21日，新华社、《人民日报》、中央人民广播电台等新闻媒体都以头条新闻发布了恢复高考的消息。是年12月由各省市组织考试，高考就此恢复。高考的恢复对当时的中国社会来说，最重要的意义也许并不是高校大门对社会大众敞开，而是公平公正的社会机制的重新确立，"虽然大多数人注定会是失败者，但对于我们这批人来说，考试结果并不是唯一，它甚至不是最重要的。在很多人心目中，考试本身就已经是给予被遗忘十年的他们的补偿了，能得到这个参与公平竞争的机会已足以让他们对社会、对命运感激不尽"[②]。

停摆十年后恢复的高考，一方面，对整个社会起到了巨大的鼓舞作用，给无数人带来了改变命运的可能与渴望；另一方面，多年累积的生源以及有限的高校招生数量，注定了竞争激烈，也注定了绝大多数人无法迈进高校的大门。作家刘震云即是在高考恢复的第二年考入北京大学中文系的，1987年发表于《人民文学》上的短篇小说《塔铺》，正是对自己这次人生经历的生动记录。小说聚焦于1978年一个乡镇里的高考复习班，这个复习班是学校专

① 刘海峰：《高考改革的理论与历史》，华中师范大学出版社2016年版，第216页。
② 阎阳生：《两代人的高考故事》，《生活时报》2005年11月4日。

《人民日报》刊登恢复高考的消息

门为社会上大龄青年考大学办的,他们中间有复员回乡的军人,有已成家务农的知青,但不管是何种身份和处境,他们聚集于这个简陋的复习班,想着通过高考来改变自己的命运,但低录取率注定绝大多数人是无望的。刘震云在小说中把那种注定无望而又充满不甘心的奋力一搏的心理和处境写得淋漓尽致。七拼八凑而来的一群人,1978年的乡村经济依然是艰辛的,这些向命运一搏的人们就靠着从家里带来的冷窝窝头和买来的咸菜来填饱肚子,偶尔花五分钱买一碗白菜汤已算是改善生活了。"冬天了。教室四面透风,宿舍四处透风。一天到晚,冷得没个存身的地方。不巧又下了一场雪,雪后结冰,天气更冷,夜里睡觉,半夜常常被冻醒。我们宿舍四人,只好将被子合成两床,两人钻一个被窝,分两头睡，叫'打老腾'。"①吃与住的艰辛和简陋让人辛酸，唯有考上大学才能彻底改变这种生活的困境。可以说，1978年的这个乡镇高考复习班成为刚刚从政治与经济困境中走出来的底层大众对未来渺茫的人生的期待，是他们带着昨日的千疮百孔对明天生活的渴盼；它同时折射出民众对生活的热切期待与社会发展空间和机遇相对有限之间的矛盾，所以那种千军万马挤独木桥的表达，正是对这一落差的形象概括。

小说《塔铺》发表于1987年第7期《人民文学》

恢复高考对当年知青这个群体命运的改变和影响是最大的，甚至在某种程度上重新定义了他们的人生。据统计，从20世纪50年代到70年代末，上山下乡的知识青年总数在1200万至1800

---

① 刘震云：《塔铺》，作家出版社1989年版，第12页。

万之间。1977年恢复高考,引发了当时无数身处乡村的知青返城的渴望。以云南知青为例,1977年至1978年,云南全省参加高考的考生一共35万人,其中上山下乡的知识青年就有20万人左右。①当然,基于录取率有限,通过高考而返城的知青注定是少数,绝大多数人是随着1980年新知青政策的出台才得以返城的。在20世纪80年代兴起于文坛的知青作家中有一部分就是在1977年和1978年恢复高考之际考上大学的,如韩少功、王小波、王小鹰、周国平、肖复兴等,这种命运的转变也使得有关知青岁月、知青人生的叙述在他们的作品中有了别样的意味。肖复兴的中篇小说《学院墙内外》讲的正是老三届的故事。小说中的主人公章明明和雷蒙是"文革"中的第一批红卫兵,后来一同来到了北大荒。在北大荒期间,雷蒙成为风云人物,他担任七星河农场副场长,掌管着近万人口的生杀大权和上千顷土地的耕种收割。章明明因谈恋爱犯了错,成为政治上有问题的落后分子,也造成章明明对雷蒙的怨恨。后来恢复高考了,章明明考上了北京的一所大学,而返城的雷蒙却成了这所大学院墙外一条胡同里扫大街的清洁工。一场高考,一个院墙内,一个院墙外,已是两种人生。院墙内,是天之骄子,有高等数学、莎士比亚戏剧、芭蕾舞《吉赛尔》;院墙外,是清洁工,是空气污浊的小酒馆,是日复一日的街道清扫,是垃圾桶。考上的,青春已得到补偿。所以章明明可以在回首知

---

① 教育部考试中心编:《恢复高考的历史实录:难忘1977》,天津人民出版社2007年版,第106—107页。

青岁月时，以一种告别昨天的口吻来讲述；而雷蒙则只能守护着昨天，守护着北大荒的信念和记忆，因为只有那里才有他可以获得安慰的青春记忆与人生辉煌。可以看到，考上大学在这里不仅仅意味着命运轨迹的变化，对经历政治风云的知青一代而言，具有重组历史、重组人生的意义。而这也正是同为知青，却对知青历史有着不同认知、不同叙述的缘由所在。

20世纪80年代的文学对于高考有着最为质朴的表达。与20世纪80年代以来的其他文学叙事有所不同，80年代文学中的高考叙事充溢着一种很纯粹的情怀，这种情怀甚至升华为一种神圣的信仰：知识改变命运。考上大学不仅对考生个人是一种莫大的荣誉，对所在家庭以至整个家族都是一件十分光彩的事情。这种价值观与五四新文学有所不同，虽然当代文学史一再强调这两个时代思想诉求的一致性，把五四新文学精神的复归视作20世纪80年代文学的一种价值内涵，但就读大学的家庭认同与社会认同这一点来看，这两个时代有着十分明显的差异。在五四时期的作品中，涉及外出求学或读大学的叙事，往往包含着个体与家庭发生冲突的情节模式，读大学成为背叛父权、背叛家庭的一种表现，导致外出读书的个体与父辈之间关系的紧张，甚至是相互对立。这种情况不论是从萧红、丁玲、庐隐等作家个人的身世经历中，还是在她们所创作的相关题材的文学作品中都能得到直接的印证。与五四时期的文学不同，80年代文学中关于外出求学或读大学的叙述中，不再有五四文学中的那种冲突模式；相反，参加高考的考生成为家庭运转的重心与轴心。由汪浙成、温小钰创作,发表于1982年第1期《小说界》上的短篇小说《苦夏》讲述的正是这一内容。沈金一老师家有三个孩子,大女儿参加高考,大儿子考高中,小女儿考初中。三场考试,三大"战役",这个家庭在这个夏天变成了"战场"。在这三大"战役"中,身为父母的沈老师夫妇二人既是指挥官,又是后勤部长、心理调节师,还是侦察兵——负责收集与考试有关的各种情报。小说描写了一个家庭在面对升学考试时的那种紧张忙碌的生活状态:所有的一切都围绕着孩子的考学而运转。因为现实是"孩子们考不上重点初中就难于考上重点高中,考不上重点高中更难于考上大学,考不上大学就没有职业保障"[①]。小说虽写的是一个家庭,但又折射出整个社会,生动而形象地揭示出考学如何成为当下许多家庭生活运转的第一要义,这其中包含着最为现实的利益纠葛。对即将参加高考的女儿佳佳,沈老师这样想,"如果佳佳这次金榜题名,考取大学,那将减轻老沈一家多少精神负担:不必为孩子就业问题发愁,也不会因为家里有个无所事事的成年女儿引出许多意想不到的麻烦。考取的是一人,得益的却是全家"[②]。《苦夏》创作于1982年,这是恢复高考的第六个年头。这时,高考已不仅是最初缓减民族心理创伤的安慰剂,还成为关乎每个家庭生活前景的利害所在。小说中所展现

---

① 汪浙成、温小钰:《汪浙成 温小钰小说选》,内蒙古人民出版社1985年版,第281页。

② 汪浙成、温小钰:《汪浙成 温小钰小说选》,内蒙古人民出版社1985年版,第291—292页。

的那种全家绕着考生转的社会现象在此后随着时间的推移愈演愈烈：不仅考大学，从幼小衔接，到小升初，到中考，直至考研，都成为整个社会关注的焦点和所涉家庭的焦虑所在。优质教育资源稀缺，就业和职场竞争压力增大，阶层及贫富分化加大，均使这种焦虑不断地膨胀，从20世纪80年代"知识改变命运"的信仰，到今天"不能输在起跑线上"的竞争理念，其中学而成才的渴望虽没有改变，但恢复高考时的那种激动人心已不复存在。

小说《苦夏》发表于1982年第1期《小说界》

二

20世纪80年代以来，文学的高考叙事中有一类形象及现象值得关注，这便是高考落榜生及作品对他们命运和出路的叙述。据统计，1977年的高考录取率只有4.8%，570万考生中，只录取了27万多一点。不仅在1977年，整个20世纪80年代，高考的录取率都相对较低,这意味着每年有相当数量的高考落榜生走向社会。与被尊为天之骄子的大学生相比,他们的人生道路注定会有更多的磨难与坎坷,想要进入现代社会主流他们必然要付出更多。这一方面在路遥的小说中表现得最为充分,代表性的作品便是《人生》和《平凡的世界》。

小说《人生》写的是一个乡村高考落榜生的人生出路。高家村高玉德的独生儿子高加林高中毕业没能考上大学,在公社的马店学校当民办老师。当乡村民办老师成为他摆脱农民身份最现实的途径,他也希望有一天转为正式教师,进入所谓可以享受商品粮的世界。但同村四大队书记高明楼,凭着自己村干部的身份和与公社教育专干马占胜的关系,硬是让刚刚高中毕业的儿子挤掉了已干了三年民办教师的高加林。后来,高加林的叔叔高玉智,当兵几十年后转业到当地专署任劳动局长,高加林的命运因此出现转机,成了县委大院的通讯干事。但没过多久,高加林走后门参加工作的问题被地纪委和县纪委查实,高加林离开县城又回到了村里。一个高中毕业的乡村青年渴望城市的生活,而他又具备在城市工作的能力和水平,这是一种非常正常的心理;但是高考的落榜基本上堵死了他成为城里人的希望,由此可知20世纪80年代初由乡而城的空间与机遇的有限性。所以对高加林来说,"走后门"成为他能够"进城"的唯一可能,除此之外别无途径,而高加林也的确一度以此达成了愿望。这篇小说在直面中国城乡之间巨大差距的基础上,首先关注的是城乡青年人生机遇的不同。曾是同班同学，同为高考落榜生，高加林回到乡村，等待他的命运是务农为生，而城里的同学黄亚萍凭一口流利的普通话到县广播站当了播音员，县城里的另一个同学克南则在县副食公司当了保管员。农村人与城里人的身份在那个年代显示出巨大的人生差距，颇有以出身定终身的意味，这与曾经的运动年代里凭政治出身给人定性的理念有着内在的一致性。曾在县城读过高中的高加林不愿再回到乡村，他渴望城市的生活。高加林的愿望无可厚非，但20世纪80年代初期城乡之间的鸿沟使他所有的希望都成为一种无法企及的奢望，小说首先提出的是一个20世纪80年代乡村青年人生出路的有限性问题，是个人的发展被出身、身份牢牢牵制的问题，也是一个如何给乡村一代有能力的青年以人生希望的问题，这些问题的提出在20世纪80年代前期的时代背景下有其相应的现实意义。

与此相关，小说《人生》直面的另一个社会现象是权力运作对个体人生际遇的影响。小说中高加林的民办教师工作被挤掉，以及后来因叔叔在当地官场任职他又得以到城里工作，这些都是权力运作的结果，当时这一切似乎已成常态，"村里人对这类事已经麻木了，因此谁也没有大惊小怪。高加林教师下了当农民，大家不奇怪，因为高明楼的儿子高中毕业了。高加林突然又在县上参加了工作，大家也不奇怪，因为他的叔父现在当了地区的劳动局长"①。村里人的见怪不怪,恰恰说明对特权现象的接受和认同已成为一种普遍的社会心理。正因为由乡而城的机遇极其有限,便给了权力运作的可能与空间。反过来说,社会流动性的受限,地域出身对人的牵制才会使人更多地产生对权力的迷信与崇拜,高加林正是在这权力的运作游戏里形成了自己起起落落的人生遭际。这应该是同样来自乡村、同样渴望城市生活的作家路遥在小说《人生》里展现的最为重要的思考。

路遥的小说《人生》发表于1982年第3期《收获》

如果说路遥的《人生》触及的是一个关于城乡差别、身份差别、阶层差别,以及由此带来的人生际遇不同的社会现实问题,那么到了小说《平凡的世界》时,路遥跃出了这一视界,开始在直面这种差别事实性存在的基础上,更多地关注个体如何通过不懈的打拼和奋斗来改变自身命运和处境,将一种理想主义的精神注入笔下的人物身上。《平凡的世界》中的主人公孙少平参加了1977年

---

① 路遥:《人生》,北京十月文艺出版社2012年版,第137页。

的高考,但没有考上。高考失利的孙少平回到双水村成为一名民办教师。三年后学校初中班没能办下去,孙少平回到家中,他始终没有放弃对外面世界的渴望。正是带着这种强烈的改变自身命运处境的渴望,孙少平离开了双水村,一步步通过个人打拼,从黄原城的揽工汉,到铜城矿务局大牙湾煤矿的工人,在城乡二元对立的关系已开始出现的时代,孙少平艰难地寻找着自己的生存空间。可以说,在《平凡的世界》里,路遥力图为乡村青年树立一个正面的典型,一个充满励志精神的形象,一个具有理想主义色彩的奋斗者。不只是孙少平,作品中的那些如孙少平一样来自乡村、没有考上大学又渴望大学的青年都具有这样的时代意义,路遥通过对他们人生奋斗历程的讲述,试图为20世纪80年代社会变革中"向城而生"的乡村底层青年诠释精神价值的所在。《平凡的世界》最让人触动的是在社会转型的时代背景和氛围下,展现了一群不愿按部就班、循规蹈矩地生活的青年人。不论是本可以得到手中有权的父母关照的田晓霞、田润叶、田润生、李向前,还是来自乡村只能靠自己打拼的孙少安、孙少平、金波等,他们都不愿意过"安分守己"的生活,每个人都不愿按那种基于出身、家庭条件、门第等条件形成的既成的生活方式来生活。哪怕不合成规,不合乡俗,甚至有违纪律也在所不惜。到青海参军的金波因与当地藏族姑娘恋爱而被迫提前转业离开部队,但他没有因此对那份真爱有半点怨言;身为双水村书记田福堂儿子的田润生不顾父母的极力反对与带着孩子的寡妇郝红梅生活在一起,因为在他眼中这个人才是他最心爱的女人;市委书记的女儿、大学毕业后在省报当记者的田晓霞将初恋与真情给予了一贫如洗的打工仔孙少平;双水村支书的女儿田润叶不愿接受父母指定的与地委领导的儿子李向前的婚约,而是一直将感情寄托在乡村农民孙少安身上;李向前不愿接受父母的安排到机关里当干部,而是从事了自己喜爱的开卡车的职业。《平凡的世界》着重描绘的是一群来自乡村以及城市的不安分的青年,不论是对工作的选择,还是对爱情的追求,他们都坚守自己内心的那份执着,都想真正地活出自我,哪怕头破血流也在所不惜,这是小说最动人的地方,也是20世纪80年代中国社会释放出的最为重要的发展动力与精神信念。

路遥的小说《平凡的世界》发表于1986年第6期《花城》

三

一个别有意味的现象是,高考以及读大学的叙事在20世纪80年代以来不同的文学思潮中有着不同的意义指向。在寻根文学中,考上大学具有离别乡土以及重新审视故土记忆与故乡情怀的内涵,更侧重于情感与精神层面的表达;而在新写实与先锋小说中,读大学则更多被书写为一种摆脱穷困、恶劣的生存环境的手段,具有一种逃离家庭、逃离贫困、完成自我救赎的意味。

在很长一个时期,中国城乡之间的巨大差异以及二者之间空间上的相对封闭,使得由乡而城的流动十分有限。其中,通过读大学而离开乡村、变身为城里人成为乡村青年除参军入伍外最为重要的方式。这种转变使得离开者有了将故乡作为审视对象的可能。《黑骏马》是张承志于1981年发表的中篇小说,该小说曾获得第二届全国优秀中篇小说奖。小说中的主人公白音宝力格后来正是因到城里读大学才离开草原,离开额吉,离开他爱恋的索米娅的。多年后,当他再回到草原,才对这块在年少时曾经让自己失望、茫然甚至愤懑的大地有了真切的体认:"我离开她整整九年。我曾经那样愤慨和暴躁地离她而去,因为我认为自己要循着一条纯洁的理想之路走向明天。像许多年轻的朋友一样,我们总是在举手之间便轻易地割舍了历史,选择了新途。我们总是在现实的痛击下身心交瘁之际,才顾上抱恨前科。我们总是在永远失去之后,才想起去珍惜往日曾挥霍和厌倦的一切,包括故乡,包括友谊,也包括自己的过去。"① 与张承志的《黑骏马》有着相似的结构模式与思想意蕴的是,莫言发表于1985年的小说《白狗秋千架》,小说讲述的是一个离乡十年的读书人回乡与昔日恋人暖重

---

① 张承志:《黑骏马》,山东文艺出版社2001年版,第2页。

逢的故事。在小说中,"我"离开故乡的原因同样是到城里读大学。十年后,早已大学毕业并留校任教的"我"又一次回到了故乡,当年的恋人暖因一次意外事故瞎了一只眼,嫁给了村里的一个哑巴,一如《黑骏马》中索米娅后来嫁给草原上的酒鬼黄毛希拉。可以看到,在这两部作品中,主人公都是通过上大学离开乡村,再回到故土时,他们对故乡、往昔、乡亲、青春年少时的爱情都有了全新的体认。这种因读大学而离开又归来的情节结构成为一种有意味的叙事模式,成为20世纪80年代乡土叙事中一种带有寻根意味的表达。

 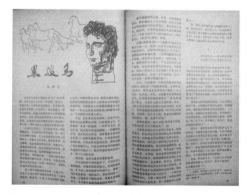

张承志小说《黑骏马》发表于1982年第6期《十月》

值得关注的是,20世纪80年代文学作品中有关乡村的这种离开又归来的叙事模式同样与五四时期的文学有所不同。在五四时期,以鲁迅为代表的诸多乡土小说中,故土乡村常常成为归来的离开者揭露和批判蒙昧不觉悟的国民劣根性的空间所在,而20世纪80年代的文学中,离开者回到故土乡村时,常带着一种感恩、愧疚的情感，乡村成为寄放自己最珍贵、最难忘、最割舍不下的记忆所在，这其中的分歧恰恰体现了五四文学与80年代文学对传统文化不同的书写立场。

恢复高考激起的巨大社会波澜，使得有关高考以及读大学在整个社会的评价体系中被笼罩上了一层神圣的光环。高考成为最具社会影响力的升学考试，也是最为社会关注的人才选拔机制，恢复高考带来的是整个社会对求学求知的渴望。而考上大学无疑成为一种成功的标志，同时意味着莫大的荣誉，天之骄子、大有作为、前程似锦等都成为与此相连的最常见的描述。但如果从最切实的生存实际出发，考上大学对于那些身处底层、出身寒门的学子来说，首先意味着生存条件和生存环境的改变。我们会发现与前述作品不同的是，在20世纪80年代后期兴起的新写实小说与先锋小说作家的笔下，有关高考以及读大学的叙事逐渐剥离80年代初期的文学作品中所传递出的知识改变命运的信仰，高考和读大学更多被书写为逃离家庭、逃离贫穷、逃离人生困境的一种途径和方式。

在刘恒的小说《贫嘴张大民的幸福生活》里，张大民兄妹五个，加上老母亲，六口人住在一个总共二十平方米的小院里。除老五在读书外，其他兄弟姐妹几个都在工厂里做工，他们想要恋爱、娶妻、生子，不得不时时承受下岗、生病、贫穷的压力和威胁，拥挤、狭窄的空间使得所有生活在其中的人只能委曲求全，憋屈成为生活的常态。在拥挤得让人喘不过气来的空间里，亲人之间、邻里之间都形成一种一触即发的紧张关系,真正让人体会到萨特所言的"他人即地狱"的滋味。为了能逃离这拥挤得几乎六亲不认的空间,二妹远嫁一山西农民,三弟忍受了妻子的出轨,四妹带着对拆迁后新房的想象在医院的病床上去世。在小说里,小弟弟五民苦读三载终考上西北农大。家宴上五民借着酒劲向家人道出了远赴西北读书的原因:"我受够了! 我再也不回来了。毕了业我上内蒙古,上新疆,我种苜蓿种向日葵去! 我上西藏种青稞去! 我找个宽敞地方住一辈子! 我受够了! 蚂蚁窝憋死我了。我爬出来了。我再也不回来了。"①在这里,考上大学首先意味的不是荣光,不是前程,而是成功地逃离这穷困与拥挤的人生,而这才是最为现实的意义。

同样的情节还出现在余华的长篇小说《在细雨中呼喊》中。这同样是一个人口众多、极度贫穷的底层家庭,一家三代六口人生活在一起,因穷困主人公"我"孙光林在六岁时被送给了他人,五年后因养父去世"我"不得不回到自己的家,因此被整个家看作一个寄生在家里的无用的"外人"。同样因为贫穷,年迈又摔坏了腰的祖父孙有元在父亲孙广才的眼中已是一无是处的"废物",活着只是在浪费家里本已非常短缺的粮食,所以他经常当面诅咒希望祖父能早一天咽气归天。贫困使得家庭成员之间的亲情荡然无存,冷漠、嫌弃甚至仇视成为彼此之间的日常心理。弟弟孙光

---

① 刘恒:《贫嘴张大民的幸福生活》,《刘恒精选集》,北京燕山出版社2006年版,第224页。

明溺水身亡，父亲和哥哥第一时间表达的不是伤痛，而是琢磨如何将弟弟的死讲述为一个舍己救人的故事，从而利用这个机会为自己捞些好处。余华笔下的这个穷困的乡村家庭的表现让人触目惊心，所有这一切也许都源于极度贫困导致的人性的扭曲与人情的麻木。小说里的"我"最终也是通过考取北京的大学得以离开这个家庭，离开父兄，离开这个充满孤独记忆的南门。

可以看到，随着高考的恢复及其在整个社会中所产生的巨大影响，高考叙事成为20世纪80年代以来文学中的一个重要题材。在这些作品中，不论是对渴望改变处境的乡村青年人生际遇的书写，还是对曾在政治波澜里蹉跎青春岁月的知青一代命运的讲述，抑或是对底层社会艰辛困顿的生存窘况的关注，高考及读大学都是其中十分重要的叙事元素。同时，围绕高考叙事传递出来的知识改变命运、奋斗改变人生的信念，又成为20世纪80年代以来推动社会向前发展、激发民众热情与潜能的十分重要的精神动力所在。恢复高考是社会变革的重要标志，它给整个社会带来的那种无形的精神层面的影响，在文学作品中得到了鲜明的体现。所以，解析当代文学作品中的高考叙事，既是对20世纪80年代文学自身特质的审视，也是对改革开放以来凝聚而成的时代精神的一种提炼与呈现。

第二章　声音政治:80年代流行乐坛的
邓丽君、崔健及费翔

　　流行音乐对20世纪80年代而言有其特殊的文化价值意义,它以极富情感表现力的声音及旋律推动了大众文化思潮的形成和兴起。80年代的社会转型通常被描述为一种由上而下的发生状态,思想启蒙、文学解放、拨乱反正、改革开放等等有关80年代时代内涵的定位与叙述均将这种转型的推动力指向了政治上层以及知识精英。应该注意到的是,20世纪80年代的流行音乐事实上构成了一种由下而上的思想解放力量,它以歌手为媒介,以社会大众的参与为主导性推动力,将底层的声音、个体的情感充分释放出来,从而成为社会转型期感性个体苏醒的重要标志。

一

　　20世纪70年代末80年代初,邓丽君的歌曲在内地听众中悄然流传,一开始便被蒙上了一层浓浓的政治色彩。对于刚刚从激烈的政治运动中走出来的中国人来说,邓丽君甜美柔和、亲切自然的歌声有着极大的抚慰与唤醒作用,当时具有犯禁意味的“偷偷地听"的"冒险"行为，显示出听众对这种声音诱惑力的难以抗拒，同时体现出公众对另一种不同于主流政治声音的迷恋。邓丽君的歌声像是一种真情的倾诉，一种柔情百转的告白，一种近在耳畔深情的言说，直击听众心灵深处最柔软的一面，所以有人曾诗意地描述道："邓丽君的歌，是灰暗世界中的一抹鲜亮，是沉闷天宇中的一声莺啼，是茫茫荒漠中的一泓清泉，是特殊社会中的缕缕柔情。"①

有关邓丽君的图书

邓丽君歌曲给改革开放初期的中国社会带来了一种感性柔和的文化因子，这对中华人民共和国成立以后占主导地位的充满战斗与鼓舞色彩的刚性文化进行了有力的消解。在很长一个时期，红色革命歌曲是中国乐坛上的绝对主旋律。《歌唱祖国》《英雄赞歌》《黄河大合唱》《北京的金山上》《解放区的天》《长征组歌》《社会主义好》《团结就是力量》《太阳最红，毛主席最亲》《没有共

---

① 谢轶群：《流光如梦：大众文化热潮三十年》，广西师范大学出版社2008年版，第29页。

产党就没有新中国》《东方红》《红星照我去战斗》等歌曲以其饱满的热情、滚烫的旋律、战斗的豪情壮志和对政治的绝对忠诚,发挥着鼓舞人心的力量。红色歌曲是红色革命教育的重要表现与承载,其高亢、昂扬、嘹亮的声音特质传递出无产阶级征服世界的雄心与自信、劳动人民当家做主的欢乐与喜悦、不畏艰险的斗志与英勇、对敌人的仇恨与愤怒以及对革命领袖的无比敬仰与崇敬,政治对声音的统领以及声音对政治的诠释在红色歌曲中被发挥到了极致。邓丽君的歌声则婉转温柔,与红色歌曲形成了鲜明的对照。正如有人所描述的那样:"邓丽君的演唱,音乐优美、吐字清晰、声情并茂,尤其在滑音的使用上有自己独到之处,在任何一首歌曲里都运用得恰到好处。她的音域和声线不是那种宽、厚、高的类型,但是她在歌唱中运用的小技巧和她独特的滑音使用,是几乎无法模仿、复制的。"[①]温柔甜美的声音对听惯高亢昂扬的旋律和铿锵有力的节奏的耳朵产生的震撼性可想而知,在两种声音的对撞中发生了以柔克刚的效应。正因为如此,邓丽君歌曲在初始阶段遭到了主流政治的强烈抵制,内在的缘由便是这种歌曲所承载的柔性文化对红色文化体系所形成的侵蚀性。当然,随着刚性政治文化在中国社会生活中的逐渐淡化,邓丽君歌曲的这种带有侵蚀性的危险也不复存在,从而回归了音乐艺术的本质。

---

① 谢轶群:《流光如梦:大众文化热潮三十年》,广西师范大学出版社2008年版,第30页。

红色经典歌曲图书

　　不过，对于柔和甜美的声音如何成为中心政治警惕的对象却是一个值得探讨的问题。本可刚柔并济，为何水火不容？个中缘由便在于这种柔和抒情的声音在给人带来愉悦抚慰的心理感受的同时，又在人的心灵深处构筑起了一个私性的空间。正是这一私性空间的存在，极大地削弱了宏大政治话语对个体的感召力，而这正是邓丽君歌曲招致抵制的根源所在。

　　"你问我爱你有多深，我爱你有几分。我的情也真，我的爱也真，月亮代表我的心。轻轻的一个吻，已经打动我的心；深深的一段情，叫我思念到如今。"《美酒加咖啡》《月亮代表我的心》《夜来香》《何日君再来》《甜蜜蜜》《又见炊烟》等歌曲在那个特定的岁月中给听到她歌声的人们带来了一种私密性的愉悦。"我第一次听到邓丽君唱的歌是在70年代末，歌名是《南海姑娘》，好像听的是澳洲的中文广播。那时邓丽君还被看作是台湾腐蚀大陆青年的黑干将,她唱的歌自然都属于黄色歌曲,正常渠道是听不到的。那时我刚上初中,虽然广播里嗞嗞啦啦的干扰很厉害,但是仍然觉得非常惊奇,原来歌还可以这样唱!旋律和以往听的革命歌曲也不大一样。从邓丽君哆媚的一唱三叹的歌声里我第一次感受到了女人的娇媚,以及充满着性意味的挑逗和诱惑,也许是因为我正处于萌动的青春期吧!那里,禁锢逐渐被打破,一种追求个体欲望的新的生活方式逐渐在我眼前展开,青春的欲望没有受到压抑,而是正当其时地被激发了。"①对于长期接受集体主义教育的大众来说,邓丽君的歌曲开始让人发现了作为个体的自己,并开始正视自己内心隐秘的心灵空间,这使得人们的注意力开始从中心政治向自我心灵转移。这种音乐唤醒了人们享受现实快乐和感官物质美的欲望,将人们从过去那种对美和对享受追求的禁锢与罪恶感中解放了出来。就此,带有倾诉性的私密空间伴随着邓丽君歌声的传播在每个人的心灵深处被构筑起来,这种私性空间一旦形成便具有了排他性,宏大的政治话语不再能够实现对个体全面的感召与征用,个体从铁板一块的集体社会结构中游离开来,开始听从自己内心的召唤,而这正是隐含在流行音乐背后的政治秘密。邓丽君歌曲唤醒的是一种与革命信念以及政治斗争无关的俗世欲望与情感体验,社会大众的那种在高度政治化的岁

---

① 王沛人:《六十年代生人成长史》,中国青年出版社2008年版,第223页。

月中所形成的革命禁欲主义理念也就此土崩瓦解。也许正是因为这种潜在的"侵蚀"与危险,邓丽君歌曲才会在最初出现的时期招致中心政治的排斥与批判,并被冠以"黄色歌曲"和"靡靡之音"的称呼,所以不仅是邓丽君,相似曲风的歌曲也都在当时受到过严厉的指责。

　　1979年12月31日,伴随着电视风光片《三峡传说》的播出,由马靖华作词、张丕基作曲、李谷一演唱的《乡恋》迅速风靡大江南北,但歌曲很快招来批评的声音,被指责"嗲声嗲气,矫揉造作"。刊发于1980年2月25日《北京音乐报》上的文章《不成功的尝试》指出:"《乡恋》拟人地怀恋故乡,但抒发的却不是健康的热爱祖国山河的怀恋之情,而是低沉缠绵的靡靡之音。"很多批评的文章对李谷一在演唱歌曲时所运用的气声唱法表示质疑:"有的文章对演唱时离麦克风的远近,喘气次数的多少,乐器的伴奏一一提出商榷。"[1]1980年,音乐界一批权威人士人召开了一场专门针对流行音乐取向的讨论会。在这次会上,一些专家对于以邓丽君为代表的港台音乐表达了否定的观点,并批评张丕基、王酩等的歌曲写得开始像港台歌曲了,李谷一的《乡恋》也成为受批判的典型,李谷一因此还被戴上了一顶"大陆上的邓丽君"的帽子。著名词作家乔羽甚至把围绕这首歌曲的争论看作"文艺战线'凡是'派和改革派的争论"[2]。此后,《人民音乐》杂志的编辑部还专门编辑出

----

① 李扬:《〈乡恋〉风波》,李扬主编:《洞孔中的历史》,青岛出版社2011年版,第92页。
② 李扬:《〈乡恋〉风波》,李扬主编:《洞孔中的历史》,青岛出版社2011年版,第93页。

版了一本名为《怎样鉴别黄色歌曲》的书,由人民音乐出版社于1982年出版。这些在今天看来过度保守的言论与观点,恰恰显示了声音本身所蕴含着的政治能量以及这种隐性的政治能量在释放中所引发的冲突与碰撞,只是这种碰撞在20世纪80年代社会转型期显得尤为突出和敏感。刚性、昂扬、战斗的歌声成为集体主义的化身,而甜美、温柔、婉转的声音则成为私性空间的开拓者,两种声音似乎有着水火不容的对立性,但随着阶级斗争理念的逐渐消退,"靡靡之音"终获解禁,成为政治宽容、文化多元的又一象征。1983年在中央电视台举办的第一届春节联欢晚会上,基于观众对《乡恋》的强烈呼声,在时任广播电影电视部部长吴冷西的点头下,李谷一登台演唱了《乡恋》,歌曲就此解禁,标志着感性的流行音乐就此得以开放。

可以说,以邓丽君为开端,继之而起的李谷一、苏小明等人的歌曲为20世纪80年代中国的流行乐坛带来了一种感性的音乐形式,它在当时构成了另一种社会思想解放的推动力,这种推动力既不同于思想启蒙的知识性与思辨性,又不同于国家政策的政令性与规约性,它是由嗓音、唱腔、旋律构成的一种感性声音的存在。悦耳动听的声音以最为直接也最为纯粹的方式唤醒了人们曾经被政治征用的身体,为在20世纪80年代社会转型中个体情感欲望的表达与释放提供了可能与平台。

二

20世纪80年代流行音乐的另一个重要文化功能，便是将社会大众或是社会底层的情感、情绪与生活感受以声音（演唱）的方式转化为一种公共性的存在。作为一种流行文化元素，20世纪80年代流行音乐的特性首先并不是体现在商业性或是娱乐性上，而是体现在其将社会底层的声音公共化方面。一般而言，社会大众的声音通常不具有自身独立的意义，因为这些声音的存在常常只与茶楼饭馆的喧哗以及街头巷尾的窃窃私语联系在一起，显得嘈杂混乱而没有意义。流行音乐在20世纪80年代以不同形式的演唱会为公共空间场域，从而将社会大众的个体感受、情绪、心理甚至是冲动、压抑、愤怒、欢娱以演唱的方式呈现出来，通过麦克风以及音箱发出的不再只是政令政策的传达，这使得社会大众的那种千差万别的生存感受成为一种可以与政治宣教并存的声音存在，这种情景于20世纪80年代的中国社会而言意义非凡。20世纪80年代社会空间中的手提录音机、盒式磁带、麦克风、吉他、架子鼓、萨克斯等音乐装置，成为彼时社会大众"声音起义"的重要装备与武器，而围绕着演唱者形成的狂热、喧嚣、沸腾的演唱会现场，则成为释放这种底层声音与内心力量最具影响力的文化空间。在这一方面，最能体现20世纪80年代这一流行音乐特性的便是歌手崔健及其摇滚乐。

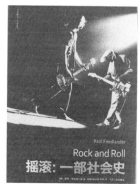

老式录音机和磁带

　　与邓丽君歌曲甜美温柔的音质所形成的"侵蚀性"相比,崔健沙哑的嗓音嘶吼出的声音则表现为一种极大的抵抗性与破坏力,他掀起了20世纪80年代流行音乐的另一个波澜。1986年5月9日,在北京工人体育馆"世界和平年"百名歌星演唱会上,崔健挎着吉他,裤脚一高一低,用嘶哑的喉咙吼唱着,这些都成为一种历史经典瞬间的定格。蒙着双眼的红布,沙哑的嗓音,无所顾忌的绝望的呐喊,崔健以绝对不拘一格的方式,呼喊出了底层的声音,使得无数社会个体在现实生活中所体验到的孤独、苦闷、压抑、乏味以至绝望获得了可以公开表达的权力,并且通过这种公开的表达使这种情绪体验具有了某种意义。

　　摇滚乐从20世纪中期开始成为一种席卷整个西方世界的音乐浪潮,它的出现是对西方主流文化的反叛和颠覆。吉他、贝司、架子鼓、长发、墨镜、破洞的牛仔裤,声嘶力竭的吼叫,动作剧烈的舞姿,震耳欲聋的乐器演奏,直抒胸臆的俚语歌词。猫王普雷斯利、约翰·列侬、迈克尔·杰克逊、鲍勃·迪伦、皇后乐队、滚石乐队成为精神领袖般的摇滚偶像。摇滚天生具有一种破坏力，正如有论者所言："如果它不是喊救命而是在为真理呐喊；如果它用一种无知无畏的勇气去承诺未来；如果它挺身而出直指时弊，却又不主张流血冲突，那么它就是摇滚。"①在那个时代，没有一种声音能比崔健的摇滚乐更具有巨大的冲击力。这种声音将一代人的心灵从木讷的状态中唤醒。崔健让人们第一次知道了一种声音的另类：这就是摇滚。这是一种可以改变人生信念的声音，一种瞬间照亮灰色人生的声音，一种给人带来一往无前的勇气的声音。当然，也可以对这种声音进行更具思想与历史深度的解读，甚至赋予它另一种意识形态色彩。"崔健的摇滚，重要的不在于技术，而是整体的感觉。听他的歌，能够感受到其中有着巨大的生命的张力，有着向顶峰不断冲击无比尖锐而极端的东西，有着艺术家膨胀的自信与决不媚俗的个性。"②

　　崔健曾这样定位自己对摇滚乐的追求："我为什么喜欢 Hip Hop，Freestyle，因为它们是底层的。但现在有一个矛盾，就是在中国没有底层文化，这东西是我说的矛盾。"③的确，中国底层的声音缺乏表达的空间，以致公共层面上，只有主流的声音、权威的声音。底层的声音，以及他们的情绪、愤怒、想法，没有身份，也没有

① [美]保罗·弗里得兰德：《摇滚：一部社会史》，佴康、钟小羽、孙琦译，江苏人民出版社2013年版，第1页。
② 方益波：《告别崔健》，《南方周末》1999年8月6日。
③ 崔健、周国平：《自由风格》，湖南人民出版社2013年版，第35页。

任何的地位,从而成为王小波所说的那种"沉默的大多数",是一种被忽视的声音。崔健的意义就在于表达出底层声音的抗争,以一种激烈的方式与那种正统的声音形成一种抗衡。在这之前,公共层面的声音,是革命歌曲大合唱,是新闻联播,是领导讲话,是政策法规,是宣教式的。崔健声音的发出,打破了这种社会声音的单一性。所以从某种意义上可以说,崔健的摇滚乐是一场"声音的革命",是底层声音的"起义"。他的声音打破了政治话语对舞台、公众空间的统领和占据,草根的愤怒和绝望可以在公共空间大声地吼出,这是崔健声音的意义。崔健以中国"摇滚教父"的身份传递出不可否认的启蒙能量。他的歌直接、干脆,极具穿透力,把个体对自由的渴望大声地呐喊了出来,同时还有着某种离经叛道的意味。以一种叛逆、反抗、破坏、颠覆、随心所欲的方式对克己、规则、循规蹈矩、道貌岸然的当代文化传统形成了颠覆。正如周国平所言:"在他的作品中,我们一方面可以听到生命本能的热烈呼喊,另一方面可以听到对生命意义的倔强追问。他忠实于自己的灵魂,忠实于内心的呼声,在这一点上决不肯委屈自己,使他的作品有了内在的一贯性。"①

崔健曾经说道:"我认为中国需要一个自我表述的革命,而对此肩负最大责任和拥有最多机会的是艺术家。所以,中国艺术界是世界上最幸运的,还有革命的机会。"②崔健的声音以前卫、决

---

① 崔健、周国平:《自由风格》,湖南人民出版社 2013 年版,第 6 页。
② 崔健、周国平:《自由风格》,湖南人民出版社 2013 年版,第 151 页。

绝,以及凛冽的与众不同,形成了对规矩、正统、守成的社会空气强有力的冲击力。同时,这种声音又给人们带来一种唤醒感与释放感,种种欲望、不安、不甘、渴望被唤醒,并且被唤醒后,在声音与想象构筑起来的空间中得到尽情释放。当然,这种唤醒与释放也可以被解读为是一种社会大众精神文化的转型的表达。正如戴锦华所言:"崔健不仅是一个解构或曰颠覆者,他是在对解构或曰颠覆对象的戏仿中,完成了一个时代的葬埋式与对一个时代记忆的改写。从某种意义上说,20世纪八九十年代之交的崔健摇滚及其演出,不仅是游戏性的戏仿,而且是惊人有力的破坏性重述或曰复制。不仅是绿军装,五角星,不仅是蒙在眼睛上的一块红布,也不仅是一曲《南泥湾》,而且在于20世纪五六十年代经典会场的演出空间,和那空间中崔健所引发并唤起的巨大共鸣和轰动。"[1]

崔健的歌曲的确有着重构"革命"话语表达方式的努力。"听说过,没见过,二万五千里/有的说,没的做,怎知不容易/埋着头,向前走,寻找我自己/走过来,走过去,没有根据地/想什么,做什么,是步枪和小米/道理多,总是说,是大炮轰炸机/汗也流,泪也落,心中不服气/藏一藏,躲一躲,心说别着急/噢,一、二、三、四、五、六、七。"(《新长征路上的摇滚》)"突然的开放,实际并不突然/现在机会到了,可能知道该干什么/红旗还在飘扬,没有固定方

<hr>

① 蒙娃:《反叛与皈依的长征路——崔健与中国摇滚的初读》,戴锦华主编:《书写文化英雄——世纪之交的文化研究》,江苏人民出版社2000年版,第234页。

向/革命还在继续,老头儿更有力量/钱在空中飘荡,我们没有理想/虽然空气新鲜,可看不见更远地方/虽然机会到了,可胆量还是太小/我们的个性都是圆的,像红旗下的蛋。"(《红旗下的蛋》)《新长征路上的摇滚》《红旗下的蛋》《一块红布》等等歌曲,崔健试图用另一种方式来对原有的红色叙事资格形成了挑战,同时也因对红色记忆不同的表达与思考,形成了对既成秩序的消解。正如有评论者指出:"崔健缔造了中国摇滚的铁血红军,让整整一个时代的人,活在他刺刀见红的节奏和义无反顾的旋律中,与其说这是'摇滚',不如说是整整一个时代的感伤、迷惘、愤怒、忍无可忍的爆发。个人英雄主义与革命集体主义完美结合——但这一次,狂欢取代了压抑,愚昧变成了觉醒,音乐击溃了意识形态。"①

崔健的相关图书

　摇滚乐的不加修饰的嘶吼、无所顾忌的呐喊、轰鸣的伴奏,粗

① 蒙娃:《反叛与皈依的长征路——崔健与中国摇滚的初读》,戴锦华主编:《书写文化英雄——世纪之交的文化研究》,江苏人民出版社 2000 年版,第 232 页。

俗直白的表达,很容易被视作对集体主义社会政治秩序的一种挑衅,所以崔健的歌曲所遭受到的种种形式的限制,其本质不是音乐异质性的问题,而是他的演唱会上所呈现出的那种无所顾忌的情绪释放和思想表达背后所带来的群体失控的危险性,而这已远远超出了音乐欣赏的范畴,带有了另一种"革命"的味道。有人曾这样记录下了当年在演唱会上听到崔健摇滚乐的情景:"一张张苍白的脸,那么饥渴,那么真诚。随着歌声和音乐摇摆、喊唱,舞动着随手能抓住的一切。没有人能抵挡这透入骨髓的感染力,先是被崔健的歌声感染,接着被其他歌迷感染,然后被你自己感染。"[①]疯狂到无以复加的地步的观众,站在舞台中心的崔健如同一个"革命领袖",置身于演唱会的现场,如同置身于"革命"的狂风暴雨中。可想而知,这种氛围和场景所可能蕴含着的危险性,而崔健演唱被权力机构的限制也便显得顺理成章。

疯狂、震撼是摇滚乐存在的方式。崔健的摇滚乐所表现出的那种破坏力,只是一种徒具形式意义的"革命假象"而已。它只是一种听起来粗暴而狂热的声音冲击波,是一种现场的狂欢,无法转换成现实的行动力量。走出演唱现场,随着那种声音的远去,人们又回到现实生活。摇滚乐的草根精神,注定了它的反叛气质和个性,它也需要有着来自草根的狂热与呼应,崔健演唱会现场那种几近失控的疯狂,只是这种音乐表达形式的一个组成部分,

---

① 赵健伟:《崔健在一无所有中呐喊——中国摇滚备忘录》,北京师范大学出版社1992年版,第16页。

只有这种现场感极强的"暴力假象",才能使这种音乐的质感得到最大程度的呈现。所以对崔健的叙述,必然伴随着对那种疯狂现场场景的讲述与记忆,而不是对其声音及歌曲的纯粹描述。而正是这种极具"革命假象"的场景叙述,使得在公众以至知识精英的描述中,崔健渐渐成为一个被神圣化了的文化英雄。

三

在 20 世纪 80 年代的流行乐坛中,张明敏与费翔有着不同于邓丽君及崔健的政治文化意义,他们的出场以及所取得的成功在某种程度上标志了 80 年代流行音乐与中心政治之间的高度契合。

1984 年,张明敏登上了中央电视台的春晚舞台,他成为第一位出现在春晚的香港歌手。张明敏在香港被誉为"民歌手",与仿效欧美音乐的流行曲不同,他的歌在主题及演唱风格上更靠近中国大陆的民族情感,词曲大多从民族、国家、故乡的情感出发,内容更为积极向上,这一切都成为张明敏在当年被选中登台春晚的重要原因。"河山只在我梦萦,祖国已多年未亲近,可是不管怎样,也改变不了我的中国心/洋装虽然穿在身,我心依然是中国心,我的祖先早已把我的一切烙上中国印/长江,长城,黄山,黄河/在我心中重千斤/无论何时,无论何地/心中一样亲。"张明敏在春晚上演唱的《我的中国心》由黄霑作词、王福龄作曲。这是一首普通话歌曲,歌曲的旋律与演唱方式与港台当时的流行音乐不同,而是更接近革命歌曲的音色,有高亢激昂的一面,深情凝重又不失铿锵,表达了海外华人、海外游子对祖国的真挚深情。张明敏身着中山装,戴着眼镜,不卑不亢的神态,演绎出了一个儒雅自信的中国人形象。

如果说张明敏的形象及歌声表达出的是"中国人的中国心"的主题的话,那么费翔从外形、身份到曲风、声音则传递出"融合与交流"的主题。与张明敏相比,费翔的身份更具象征意义,他来自一个美籍华裔家庭,父亲是美国人,母亲是中国人,出生在台湾,成长于美国,是一位美籍台湾歌手。"天边飘过故乡的云,它不停地向我召唤/当身边的微风轻轻吹起,有个声音在对我呼唤/归来吧,归来哟,浪迹天涯的游子/归来吧,归来哟,别再四处漂泊。"一曲《故乡的云》由这样一位外洋内中的歌手演唱出来,歌声中传递出的是游子归来的情怀,也是对故土深深的依恋。费翔的歌声跨越四海,渗透进所有海外华人的心灵。华裔的出身,思乡的主题,使得歌曲的内涵得到了深刻而真切的诠释。从音质上来说,费翔的声音与张明敏一样属于典型的男中音,富有磁性,饱满而深情,具有很好的调和作用。春晚上费翔所演唱的《故乡的云》和《冬天里的一把火》两首歌曲,从曲风上来看,同样承载了一种融合的理念。两首歌曲一个深情、一个活泼,相得益彰。正如该年春晚总导演邓在军所言:"有华裔血统的费翔给晚会带来了新的空气,《冬天里的一把火》让无数年轻人痴狂,而深情的《故乡的云》再一次唱出了观众的眼泪。"①费翔的歌声所承载的意义,在于唤醒年代久远的华人情结。费翔的歌声,渗透进了华人的灵魂。对于听出歌里的寻根情怀的人来说,在岁月流逝之中,这些歌曲成为不会苍老的文化记忆。

张明敏与费翔在20世纪80年代流行乐坛的登场,终于弥合了流行音乐与中心政治之间的巨大空缺,取得了良好的政治效应的同时,歌手个人的事业也取得了极大的收获。1984年8月应北京青年报的邀请,张明敏作为第一位香港歌星在首都举行个人演唱会,并为当时全国开展的"爱我中华,修我长城"活动举行了义演。1988年,他为第十一届亚运会集资筹款,历时一年多,走了二十四个城市,开了一百五十四场个人演唱会,取得了空前的成功。《我的中国心》的巨大社会反响,也使得张明敏变身为一位社会活动家。他曾担任香港特别行政区第一、二届政府的推选委员会委员,中华全国青年联合第六、七、八届香港特邀委员。而费翔在亮相春晚后,于1987年推出专辑《跨越四海的歌声》,后又接连出了《四海一心》《夺标》《太阳眼镜》《现在流行什么》等五盒磁带,专辑总销售额突破3000万元。1987年夏天,费翔受上海电视台邀请拍摄音乐风光片《椰风海韵》,一时间他成为全国青年热捧的偶像。1989年费翔举办了"现在流行什么"全国巡回演唱会,巡回十三个城市,创下了直到今天还无人超越的六十五场爆满的记录,

---

① 邓在军:《屏前幕后——我的导演生涯》,重庆出版社2003年版,第105页。

费翔的音乐磁带

观众逾百万人次,奠定了费翔在中国观众心中永恒的地位,他成为在中国演出场次最多、演出时间最久的外籍艺术家。

特殊的地域身份背景,使得张明敏与费翔在内地流行音乐界的出现,具有了一种沟通两岸三地甚至中美之间文化交流的象征性内涵,同时也成为内地文化走向包容开放的信号。两位歌手均是通过央视春晚进入内地流行乐坛,春晚舞台潜在的中心政治意蕴,使得他们在这一空间场域的出现具有了某种强烈的政治暗示意义。正是在张明敏登上春晚的1984年,中国和英国就香港回归问题签署了《中英联合声明》;而在费翔上春晚的1987年,蒋经国宣布于当年11月开放台胞到大陆探亲,为两岸直接交流提供了条件。再者,从音质上来说,费翔与张明敏的声音都充满了磁性,歌声饱满、真挚而深情,实现了流行音乐与红色革命歌曲的兼容。正因为如此,张明敏与费翔对于20世纪80年代流行乐坛来说具有了文化沟通与政治沟通的意义。在他们的歌声里,主流与民间、严肃音乐与通俗歌曲、东方与西方、庙堂与广场实现了交融，达成了一种完美的默契与平衡。

可以说，80年代流行音乐在特定的文化语境下使得自身溢出了艺术表现与文艺娱乐的范畴，承载了十分丰富的政治文化意蕴，由此也形成了它与中心政治话语之间或抗争，或消解，或相融的复杂关系，构成了其自身被抵制、被批判或被接纳的遭遇与处境。甜美柔情的邓丽君、野性激愤的崔健以及真诚深情的费翔与张明敏，不同的曲风与嗓音具有不同的思想内涵以及象征性意蕴，而这正是声音在20世纪80年代的流行乐坛中作为一种颇具政治意味的存在的体现。

第三章　饮食书写："吃"的隐喻、逻辑与
阶级性

　　民以食为天,也许是经历过很长时间的食物短缺,饥饿成为很长一个时期里人们的一种深刻记忆。长时期的物资匮乏、生活用品和日常食物的限量供应,都使得吃成为一件头等大事。正因为如此,在一段时间里,"吃了没?"成为人们日常生活中碰面时的问候语。进入20世纪80年代以后,饥饿才渐渐成为过去。有关饮食与饮食文化的叙述与描写,在中国现代文学中是一个颇具意味的存在。一方面,从鲁迅的"以吃作比"来传递对中国传统文化负面因子的批判,到梁实秋小品文中的有关中国饮食文化内蕴的精彩点评,再到"二流堂"文人群落因吃而聚的文人风采,都体现出中国现代文学与现代作家及饮食之间内在的精神联系;另一方面,饮食及饮食文化的书写在中国现代文学的不同历史时期又有着不同的面貌、特征及内涵,这又成为百年中国社会变迁史最为生动的记录与见证。

一

谈及中国现代文学中的"吃",可先从鲁迅谈起。鲁迅是浙江绍兴人,他在作品中虽对饮食描写不多,但每每谈及却颇能呈现出浓浓的绍兴当地特色。如:在《社戏》中写到了看戏归来偷罗汉豆吃的情节。《孔乙己》中出现的茴香豆。《在酒楼上》的"我"在名为"一石居"的酒楼上点了一斤绍酒、十个油豆腐,还点评到"酒味很纯正;油豆腐也煮得十分好;可惜辣酱太淡薄,本来S城人是不懂得吃辣的。"(注:S城即指绍兴)《幸福的家庭》里写到一道菜为"龙虎斗",因着江浙人不吃蛇和猫,便将食材假设为鳝鱼和蛙。可以看到,鲁迅作品中谈及饮食,不论是食材还是口味抑或是烹饪法,都具有十分鲜明的浙东当地菜系的特色。不过在鲁迅作品中的饮食描写,最具深度与鲁迅个人思想色彩的是以"吃"作比,即将"吃"作为一种颇具隐喻性和象征性内涵的行为,以此来对中国传统文化的弊端进行反思与批判。如:在《狂人日记》中,鲁迅便借狂人之口指出中国传统礼教传承的历史便是"吃人"的历史。在小说《药》中,鲁迅着重写了茶馆老板华老栓为给儿子治病而去买人血馒头,而这个"人血馒头"显然充满了象征意蕴,揭示了早期民主革命运动中,革命与民众的隔膜。在杂文名篇《灯下漫笔》中,鲁迅更是以"人肉的筵宴"作比,批判所谓中国文明。可以说,鲁迅在其行文中以"吃"作比来对中国传统文化的负面因子进行了批判,十分鲜明地体现了启蒙时代的思想特质,饮食的日常性恰恰揭示出了封建思想毒害的广泛与深入,由此才使得国民性的改造与精神病痛的疗救显得如此迫切。在现代作家中,以"吃"作比写得十分精彩的还有张爱玲和钱锺书,张爱玲以"吃"来比拟世情百态,钱锺书则以"吃"来讽喻现代知识分子的种种丑态。

在文学作品中深入而全面地展现一个城市的饮食文化特色的作家首推老舍。老舍在作品中对饮食的描写常常细致入微、绘声绘色,把老北京的饮食文化特色呈现得淋漓尽致,这其中饱含着老舍对童年生活的记忆,对老北京市井风情的深深留恋。老舍小说的京味儿特色,深深地体现在他作品中对北京饮食文化生动而传神的呈现。在这方面小说《四世同堂》最为突出。小说写的是北平沦陷后的历史情景,但作品中不断写到沦陷前北平的市民生活和市井生活情景,从而形成鲜明的对照。在追忆往昔生活情景时,饮食是老舍着重描写的对象。如老舍在小说中用杏来串起有着老北京夏天的记忆,"在太平年月,北平的夏天是很可爱的。从十三陵的樱桃下市到枣子稍微挂了红色,这是一段果子的历史——看吧,青杏子连核儿还没长硬,便用拳头大的小蒲篓儿装起,和'糖稀'一同卖给小姐与儿童们。慢慢地,杏子的核儿已变硬,而皮还是绿的,小贩们又接二连三喊:'一大碟,好大的杏儿喽!'这个呼声,每每教小儿女们口中馋出酸水,而老人们只好摸一摸已经活动了的牙齿,惨笑一下。不久,挂着红色的半青半红的'土'杏儿下了市。而吆喝的声音开始音乐化,好像果皮的红美给了小贩们以灵感似的。而后,各种的杏子都到市上来竞赛:有的大而深黄,有的小而红艳,有的皮儿粗而味重,有的核子小而爽口——连核仁也是甜的。最后,那驰名的'白杏'用绵纸遮护着下了市,好像大器晚成似的结束了杏的季节"。老舍在这里用一个杏串起一整个老北京夏天的记忆,色彩丰富,有色有声,展现了深深的市井气息和无限的故土情怀。老舍笔下的老北京饮食已成为呈现旧时北京民情风俗的重要方面,也成为沉淀着这座特殊城市历史记忆的重要所在。老舍出生于北京市井,在这饮食叙述中,有着老舍对童年、对家乡、对亲朋邻里的深情。

在现代作家中,对中国的饮食文化有着深入而全面书写的是梁实秋,其代表作是《雅舍谈吃》。梁实秋是中国现当代著名的散文家、学者、文学批评家与翻译家,是20世纪30年代新月派的重要代表。其小品文堪称中国现代散文中的精品,举凡琴棋书画、衣食住行尽收笔端,温婉平和的叙述中,把一种典雅而精细的生活情趣展示得淋漓尽致,同时体现出一种闲适、淡泊、宁静的人生姿态。散文集《雅舍谈吃》中收录了梁实秋谈美食的近百篇文章,《烧鸭》《锅烧鸡》《爆双脆》《乌鱼钱》《满汉细点》《佛跳墙》《西施舌》等等,写的是舌尖上的味道,呈现出的是数千年中国文化的底蕴,同时把作家浓浓的故乡情意及家国情怀书写了出来。现代文坛上另一位小品文大家周作人也曾有多篇文章专述饮食,《故乡的野菜》《北京的茶食》《窝窝头的历史》《吃茶》等等都是其论及饮食的名篇,也有着与梁实秋文章一样的文化意蕴与人生情趣。

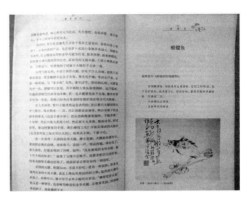

梁实秋的《雅舍谈吃》

从饮食的视角来审视中国现当代文学,最后要谈及的是现代文学史上一个因喜吃喜聚而形成的著名的文人圈,这便是"二流堂"文人群落。"二流堂"是抗战时期在重庆形成的一个别具一格的文人群落。这是一个由性情相投的文艺界人士在交往过程中聚合而成的朋友圈,主要成员有唐瑜、吴祖光、丁聪、黄苗子、郁风、盛家伦、冯亦代等。随着时间的推移,这个文人群落在不断地扩大,成员主要来自美术、音乐、戏剧、书法、电影、文学等领域。可以说,这是一个由文艺、新闻、演艺界人士组成的朋友圈,大家彼此因意气相投聚合到了一起,在这个文人圈子里散发出一种自由主义文人散淡自在的气息。"二流堂"文人于中华人民共和国成立后卷入20世纪五六十年代的肃反运动、胡风"反革命集团"、反右运动,以至"文化大革命",历经坎坷,成为中国当代的一个具有历史见证意味同时也最具有历史沧桑意味的文人群落。

"二流堂"文人的一个特点便是喜聚喜吃。"二流堂"文人在一起时常聚餐，无拘无束，洒脱不羁，而且重义轻利。当年在重庆时，他们便是有苦一起吃，有钱一起花，不分彼此。这种交往风格在他们后来的岁月中也继承了下来，成为一种传统。夏衍当年在重庆时便与"二流堂"文人有过密切的交往。中华人民共和国成立后，时任上海市委宣传部部长的夏衍每去北京必去"二流堂"文人所聚居的栖凤楼，据说有一次为了和好友自在聚会，路上还故意甩掉了自己的警卫人员。"文革"结束后，饱经风霜的"二流堂"文人们又聚到了一起，而且几乎每次都是以聚餐的形式召集。"四人帮"刚下台，唐瑜就在自己所在的王府井北梅竹家里举行了一次聚餐会，到会的有三四十人，当年"二流堂"的人又聚在了一起。没过多久他们又一次聚餐，一度还计划开个"梅竹居饭庄"，专供"二流堂"及诸友人聚会，只是在夏衍的善意提醒下才没有开办。有一张"二流堂"成员聚会的照片，是1995年在夏衍家中拍摄的，包括吴祖光、郁风、高集、高汾、唐瑜、黄苗子、丁聪等人；照片中，每人手捧一个大碗，真切而传神地体现了"二流堂"文人聚会的风格。"二流堂"文人们因才气而聚，因义气而聚，也因性情相投而聚，聚会既是一种交往的方式，同时也是情义的表现，尤其是共同经历反右运动与"文革"浩劫，这种聚集更具有一种见证历史、见证情义的意味，这在现代以来知识分子群体中也有着十分独特的意味；而且随着时间的推移，更多的志同道合者走到了一起，"二流堂"的交往成员也有了更广泛的联系。正如李辉在《亦奇亦悲"二流堂"》一书中所写："随着'文革'结束后生活的稳定和开放局面的形成，'二流堂'就不再仅仅是原有的那批人的圈子，而是在更加广泛意义上的'物以类聚'。从王世襄、杨宪益、范用、黄永玉，到稍微年轻一些的姜德明、邵燕祥等，这些不同领域的人士，也都不时出现在'二流堂'的聚会上。维系他们的当然依旧是绵绵不绝的文化情怀。"①

二

在中华人民共和国成立后的20世纪50至70年代的文学作品中，有关"吃"的描写被赋予了鲜明的政治色彩。在这一时期的作品中，一方面，吃香喝辣成为对反面人物的形象化描绘；另一方面，忆苦思甜成为正面人物的一种革命性的表现。可以看到，在这一时期的文学艺术作品中，不论是小说、电影还是戏剧等，作品中的饮食都具有了阶级性。好吃、贪吃、吃好的等等思想和行为被视为落后的、反动的、丑陋的、罪恶的。赵树理小说《"锻炼锻炼"》中讽刺了一个贪吃的落后农村妇女，给她起的绰号叫"吃不饱"；当年有关地主刘文彩的故事叙述中，他在吃的方面的讲究和奢靡，成为表现他反动性的重要方面。而在小说《林海雪原》中，土匪首领坐山雕于除夕时大摆百鸡宴，众土匪齐聚一堂，成为整部作品叙事的高潮，当然最终被杨子荣带领的解放军一网打尽。

---

① 李辉编著：《依稀碧庐——亦奇亦悲"二流堂"》，海天出版社1998年版，第58页。

可以说,在20世纪50至70年代的文学作品中,"吃"具有鲜明的阶级属性与内涵,对饮食的喜好具有了划分阶级阵线的意义。所以,在这一时期的革命历史题材文艺作品中,推杯换盏、大鱼大肉常常成为描绘反面人物生活的典型场景,而吃糠咽菜、忍饥挨饿则成为描绘革命战士与革命群众日常生活景象的常态。这其中暗含着一条成规,只有战胜肉身的欲望,彻底地抵制美食、美色的诱惑,成为真正的革命者,才能成为一名真正的"特殊材料制成的人";相反,则会有着经不起诱惑而背叛革命的危险。

与此同时,在这一时期的文学作品中,粗菜淡饭、省吃俭用成为一种革命的、高尚的品质和境界。如,柳青的小说《创业史》中写梁生宝进城买种子时,着重写了他为了给大家节约开支,舍不得进城里的小饭馆吃饭,一路上全靠自己带的干粮充饥。"吃苦"的革命性的形成来自红色革命叙事的打造,在对革命战争历史的叙述中,"吃得苦""吃得粗而简"不仅是笔下革命者们的日常生活场景,也是革命品质的体现。在有关长征故事的叙述中,吃野菜、剥树皮、煮皮带成为十分典型的细节和场景。由此,"吃苦"成为一种革命传统,成为一种高尚的品质;相反,贪吃、好吃等沉溺于肉身欲望的行为被看作品行不端或思想反动的表现,而只有超越肉身欲望才能成为真正的英雄。忆苦思甜也便成为这一时期对民众进行思想教育、革命教育的一种重要手段和方法。对省吃俭用的提倡,一方面来自优良革命传统的继承,另一方面也缘于这一时期整个社会生活水平较低、物资供应匮乏的事实。为何爱吃、讲究吃成了革命的对立面,这其中包含着意志品行的考验,意味着沉溺肉身欲望有着导致意志不坚定的危险;反之,则会成为革命意志坚定的有力保障。所以在革命历史叙事中,"吃得苦"成为革命者的重要品行。

柳青的小说《创业史》与《苦菜花》

进入新时期以来,文学中的饮食书写终于褪去了阶级的色彩,回归其本色,谈吃、谈美食又成为作家可以正面书写的题材与内容。具有展现新时期农民新变化和新面貌标志性意义的高晓声的小说《陈奂生上城》,正是从"吃"入笔,通过叙述农民陈奂生进城卖油绳的经历,写出了进入新时期中国农民的物质生活及精神面貌上的变化与特征。而陆文夫的《美食家》堪称20世纪80年代小说中书写饮食文化的经典之作。小说在中华人民共和国成立后 20 世纪 50 至 80 年代的时代背景下,讲述资本家出身的朱自冶的"吃"的故事,在风云变幻的政治斗争年代里,贯穿着的是主人公朱自冶对美食的始终不变的执着。美食沉淀着苏州这座城市的历史记忆,也承载着往昔岁月里上层社会生活的某种韵味。朱自冶以对美食的沉醉,游离于 20 世纪五六十年代的社会主义改造之外,也终在进入新时期以后的社会变革中找到了安放自己美食情怀的天地。小说一方面是有关饮食文化历史的呈现,另一方面也体现了 20 世纪 80 年代中国文学终于从那种政治化的写作中摆脱了出来,在一种充满历史文化底蕴的写作中传递出新的审美走向。

陆文夫的小说《美食家》发表于 1983 年第 1 期《收获》

汪曾祺也写过谈饮食的散文《五味》《故乡的食物》《家常酒菜》《萝卜》《豆腐》等,其中体现出的不仅是作家对饮食的特殊记忆,更重要的是透露出进入新时期之后,曾经承受政治风云的一代作家走出阴霾后的那种轻松愉悦的心境。

汪曾祺谈饮食的书

三

　　20世纪80年代的文学作品中直面描写困难时期饥荒情形的代表性作品，有高晓声的《"漏斗户"主》、刘恒的《狗日的粮食》以及张贤亮的《绿化树》《邢老汉和狗的故事》等，这些作品聚焦于底层小人物于困难时期艰难生存的本相。这种关于饥饿、饥荒的叙述，进入20世纪90年代以后，逐渐汇聚而成所谓苦难叙事，代表性的作品便是余华的三部长篇小说，即《在细雨中呼喊》《活着》《许三观卖血记》。

　　张贤亮的小说《邢老汉和狗的故事》中，以邢老汉讨老婆成家过日子为线索，串联起的是20世纪六七十年代一个底层农民艰难生活的历史。小说中的一个场景讲述了大半辈子没有讨到老婆的邢老汉，意外地因收留一个逃荒的外乡女子而终于有了一个可以搭伙过日子的女人。这种女子通过委身他人而度过灾年的情景在其他作家的笔下也多有述及。刘恒的小说《狗日的粮食》发表于1986年第9期的《中国》，小说开篇即写村里的老光棍杨天宽用两百斤谷子换来个脖子上长着瘿袋的女人当了自己的老婆。瘿袋女人长得很丑，却在杨天宽面前逐渐变得十分强势，这强势主要来自女人的两大本领，一是能生娃，二是能弄来吃的。这在当时的乡村社会里，几乎就是天大的事了，而瘿袋女人却有本事把这两样都做得无话可说，也因此在杨天宽面前变得霸道起来。女人因能弄来糊口的粮食而变得强势，却也因弄丢了购粮的粮本而自觉颜面尽失，最终吃有毒的杏仁儿自杀身亡，咽气前那一句"狗日的粮食"也成了女人命如草芥的卑微人生的一种诠释。小说《绿化树》里的章永璘练就了一身觅食、讨食的本领，读书人的所有智慧都用于获取多一口的食物，一个窝头，一勺野菜汤。余华的长篇小说《在细雨中呼喊》中以孙光明的视角，书写了一个底层家庭因物资的极度匮乏而导致的家庭成员之间亲情关系的极度恶化与极度冷漠。而在小说《许三观卖血记》中，余华对一个普通的中国工人为养家而不断卖血求生的故事的叙述，呈现出20世纪50至70年代底层家庭辛酸的生活史。

刘恒的小说《狗日的粮食》发表于1986年第9期《中国》

在20世纪80年代众多的作品中,张一弓的《犯人李铜钟的故事》有着特殊的意义。小说最初发表于1980年第1期《收获》,后于1981年获第一届全国中篇小说评奖一等奖。小说表现了在"大跃进"后接踵而至的那场饥荒;也写出了这两者间内在的关联,写出"大跃进"、浮夸风给农村生活带来的破坏;同时通过对一个为民请命的基层党支部书记李铜钟的故事的讲述,对极"左"观念及路线进行了反思和批判。小说讲述1960年春李家寨的四百九十多口人陷入了饥荒,李家寨的党支部书记李铜钟冒着风险,在昔日战友、现今为县粮店主任的帮助下,从粮库里"借"出了五万斤粮食,村民得救,自己却被作为煽动不明真相的群众抢劫国家粮食仓库的首犯而被捕。作品开篇从1960年的春天开始写起:"党支部书记李铜钟变成抢劫犯李铜钟,是在公元1960年春天。这个该诅咒的春天,是跟罕见的饥荒一起,来到李家寨的。自从立春那天把最后一瓦盆玉米面糊搅到那口装了五担水的大锅里以后，李家寨大口小口四百九十多口，已经吃了三天清水煮萝卜。"[①]而这时的十里铺公社的党委书记杨文秀则热衷于搞浮夸风，热衷于"全副精力用在揣摩上级意图"。"他来十里铺上任以前，听说理论界提出了一国能不能首先进入共产主义的问题，他立即感到这同列宁提出的社会主义革命可以首先在一国或数国取得胜利的论断具有同等的意义。他依次类推，得出结论说，一个公社首先进入共产主义也是完全可能的。这个公社当然就是十里铺公社。因此，他上任第二天，就向大家宣布：十里铺公社两年进入共产主义。"[②]当村民已陷入饥荒时，这名"带头书记"杨文秀不仅不正视问题，反倒又带头提出了所谓"大旱之年三不变"的口号，即产量不变、对国家贡献不变、社员口粮不变。"结果，两头的'不变'落空，只是经过'反瞒产'，才实现了中间那个'不变'。"[③]而这一切，也必然更进一步地加速和加重了村民的饥荒。面对这一切，杨文秀却不顾李铜钟的请求，认为当前工作的重点还是反右，而不是饥荒。当村民开始因粮食短缺而闹饥荒时，有关上级却弄出所谓"化学食品"来邀功请赏，以期糊弄百姓。上级动员缺粮的公社、大队搞代食品，杨文秀很快组织人搞出了所谓新的食物品种，有称为"一口酥"的玉米皮淀粉虚糕、"扯不断"红薯秧淀粉粉条、"将

① 张一弓：《犯人李铜钟的故事 远去的驿站》，华夏出版社 2016 年版，第 5 页。
② 张一弓：《犯人李铜钟的故事 远去的驿站》，华夏出版社 2016 年版，第 6 页。
③ 张一弓：《犯人李铜钟的故事 远去的驿站》，华夏出版社 2016 年版，第 7 页。

军盔"麦秸淀粉窝头等等,但其实这些号称用玉米皮、红薯秧、麦秸做出的"化学食物",纯粹是弄虚作假的产物,里面掺入了大半的面粉。

张一弓的小说《犯人李铜钟的故事》发表于1980年第1期《收获》

1980年第2期《新观察》发表了汪曾祺的一篇题为《黄油烙饼》的小说。小说主要从一个儿童的视角展开叙事,萧胜的爸爸妈妈都是科研人员,在口外沽源县的一个马铃薯研究站工作。因条件所限,在萧胜三岁那年,爸爸只好把他送回家乡农村与奶奶一起生活。萧胜七岁时,奶奶于饥荒中去世,但她到死也没舍得去吃萧胜爸爸早些时候带给她的那瓶牛奶炼的黄油。奶奶去世后,萧胜被接到了爸爸妈妈工作的马铃薯研究所一起生活。小说中令人触动的是作家讲述艰辛生活时的淡然,虽然命运很是不公,但这对普通的科研工作者没有抱怨,不论是面对亲人的去世、自身处境的不公,还是基层社会中的不平等,他们都淡然处之,不抱怨,认认真真地生活,认认真真地工作,只有在儿子不解乡下三级干部开会时所吃的黄油烙饼是何物时,正咽着红高粱饼子的妈妈下狠心取出那瓶奶奶一直没舍得动的黄油,给萧胜做了一张黄油烙饼。"萧胜一边流着一串一串的眼泪,一边吃黄油烙饼。他的眼泪流进了嘴里。黄油烙饼是甜的,眼泪是咸的。"①这是汪曾祺复出后发表较早的一篇小说,书写的正是过往岁月里的饥荒经历留给人的一种记忆。不久之后,汪曾祺又在1981年第5期《收获》上发表了小说《七里茶坊》,这篇小说中所讲述的故事与汪曾祺被划为右派后的劳动改造经历有关。小说中的七里茶坊因在张家口东南七里地而得名。小说讲"我"在一家农业科研所下放劳动,在生产队队长的安排下,拿着介绍信、带着三个人去张家口的公厕掏大粪。那是1960年,天寒地冻,白天淘粪,晚上回到车马大店睡大炕。"掏公共厕所,实际上不是掏,而是凿。天这么冷,粪池里的粪都冻得实实的,得用冰镩凿开,破成一二尺见方大小不等的冰块,用铁锹起出来,装在单套车上,运到七里茶坊,堆积在街外的空场上。"②住在车马大店,一早一晚都是店掌柜来给做手推莜面窝窝,莜面是自己带来的,做熟了蘸着自己带来的麦麸子做的大酱吃。吃的是粗饭,"没有油,没有醋,尤其是没有辣椒!可是

---

① 汪曾祺:《汪曾祺短篇小说选》,北京出版社1982年版,第179页。
② 汪曾祺:《汪曾祺小说精选》,长江文艺出版社2019年版,第248页。

你相信我说的是真话：我一辈子很少吃过这么好吃的东西。那是什么时候呀？——一九六〇年！”[①]劳动的脏和累，吃得粗，住得简陋，苦自不必言；但作者恰恰是要写出这种天寒地冻的时节，在车马大店所感受到的温暖和香甜。一起劳作的同事，大家在劳动中互不计较，互有照顾。车马大店的掌柜，一早一晚生火做饭，即使碰上的是同住在一个炕上的赶牲口的坝上人也不计较。人与人之间，在社会底层，无戒备，无防犯，坦诚相待，即使一碗水、一袋烟、一块咸菜，也见得真情真义，汪曾祺把社会底层的真性情写了出来。汪曾祺的作品述及了20世纪60年代初人们生活的艰辛，但他却把这种艰辛讲述得淡然而宁静，更多呈现的是艰难岁月里所显示出的那种人间至情。

汪曾祺的小说《七里茶坊》发表于1981年第5期《收获》

---

① 汪曾祺：《汪曾祺短篇小说选》，北京出版社1982年版，第295页。

第四章　铁路叙事：火车意象与现代中国

　　即使到了20世纪80年代，对于许多偏远乡镇中的人们来说，火车、飞机等现代交通工具依然是一种十分遥远的存在。相比较而言，飞机似乎更真实一些，因为不知何时也许会有一架飞机从头顶的天空飞过，孩童们每每于此时便会仰头招手，对着天空欢呼雀跃不已，直到飞机消失于天际，而火车更多时候只能从图片、电视或是乘坐过的人们的描述中被感知。以至那个年代里，在一些偏远的地方，乘过火车可以成为一种向他人炫耀的传奇经历，而火车也在人们口耳相传的讲述中被演绎出许多与之相关的生动而有趣的民间故事。

老式火车车头

一

　　铁路与火车是现代工业文明的重要标志,但对中国乃至东方而言,它们的出现却在很长一段时间里交织着西方与东方、殖民与反殖民、侵略与反侵略等等诸多的冲突,在这些冲突中所形成的新兴资产阶级的萌芽、民族国家主权意识的觉醒等构成了中国在近现代社会变革过程中重要的诉求与内容。从文学的层面来看,铁路叙事在百年中国新文学发展过程中是一个重要的存在,这些述及或围绕铁路与火车而展开叙事的作品,不论是在文学研究的维度上,还是在社会学研究的层面上都有其特殊的意义和价值;同时,中国在现代历史进程中所呈现出的现代性内涵及特征,在百年新文学的铁路叙事中有着生动而真切的体现。

　　历史地来看,火车与铁路最初是作为一种完全异质性的事物进入乡土中国社会的,它们改变的不仅是交通运输方式,还有人们对诸多事物的认知,比如机械、速度、载重等等。同时,由于这种异质事物最初是西方列强借枪炮而强行引入中国的,并被作为对中国进行经济掠夺的主要方式,对以农业及手工业为主要劳作和生产方式的中国社会形成了强有力的挤压,这便使得中国人对火车与铁路的认知,从一开始便与洋鬼子、欺压、掠夺等认知与感受联系在一起,这也造成了民众最初对铁路这种现代事物的恐慌、排斥甚至仇视的心理和情绪。

铁路最早是在 1825 年创行于英国,大约十余年后,有关铁路、火车的知识开始传入中国,这主要是一些欧洲来华传教士在其所撰写的中文外国史地书籍里提到铁路以及火轮车、火车等名词。中国建造的最早的铁路是 1876 年由英、美等国的商人在上海所建的吴淞铁路,总长 13 公里。这条线路在开通一年后,因沿途民众的极力反对,由清政府出资收回并予以拆除。但这并没能阻止西方列强在中国修建铁路的步伐,相反在甲午战争后,俄、美、英、法、德、比等国围绕在中国的铁路建筑权展开了激烈的争夺,以炮舰为外交手段向清政府施压,形成了所谓铁路利权掠夺战。据统计,在 20 世纪头十一年里,"中国增建了约 8200 公里铁路。其中帝国主义直接建筑的计 3700 余公里,占 46%;帝国主义通过向清朝政府提供贷款而间接建筑的计 3300 公里,占 40%;中国自己建筑的,包括京张铁路在内,计约 1200 公里,只占 14% 而已"①。而正是依靠手中所掌握的在华铁路运输权,西方国家开始向中国大量倾销它们的商品,"帝国主义把铁路当成剥削和侵略落后国家的战略手段。帝国主义以贷款形式为清朝政府修筑铁路,附有种种条件。修筑某一条铁路就是控制了这条铁路以至控制了沿线地区"②。晚清以降,正是随着西方国家在华铁路的修筑与开通,所谓洋纱、洋布、洋烟、洋火等外国产品迅速大量地遍及中国市

---

① 宓汝成:《帝国主义与中国铁路 1847—1949》,经济管理出版社 2007 年版,第 266 页。
② 胡绳:《从鸦片战争到五四运动(下)》,人民出版社 2010 年版,第 399 页。

场。以山东潍县为例，"在胶济路通车前一年，进口洋货值不过18万两，胶济路1902年6月通车，至年底仅七个月，潍县即输入各类洋货总值达291万两"①。与此同时，西方各国又借助铁路廉价地榨取中国的农产品和矿产品，这直接加速了中国社会自然经济的瓦解。

《断魂枪》是老舍早期的一篇短篇小说，作品所呈现的正是中国民众最初遭遇西方文明时的那种复杂心理。在小说的开篇处老舍便这样写道："东方的大梦没法子不醒了。炮声压下去马来与印度野林中的虎啸。半醒的人们，揉着眼，祷告着祖先与神灵；不大会儿，失去了国土、自由与主权。门外立着不同面色的人，枪口还热着。他们的长矛毒弩，花蛇斑彩的厚盾，都有什么用呢；连祖先与祖先所信的神明全不灵了啊！龙旗的中国也不再神秘，有了火车呀，穿坟过墓破坏着风水。枣红色多穗的镖旗，绿鲨皮鞘的钢刀，响着串铃的口马，江湖上的智慧与黑话，义气与声名，连沙子龙，他的武艺、事业，都梦似的变成昨夜。今天是火车、快枪，通商与恐怖。"②一面是龙旗、祖先、钢刀，一面是洋人、快枪、通商，在依然沉浸在传统农耕生活方式的人们的眼中，火车成了破坏老祖宗风水的怪物，两种完全不同的文明形态、两套完全不同的语言系统就这样硬生生地撞在了一起。老舍在这里借沙子龙之口道出的不是大梦初醒的警觉，而是陈梦搅碎后的惊诧与无奈。不

---

① 李占才主编：《中国铁路史（1876—1949）》，汕头大学出版社1994年版，第24页。
② 老舍：《断魂枪集》，文汇出版社2008年版，第46页。

仅是老舍的作品,在其他作家的笔下也有着极为相似的表达。茅盾在小说《春蚕》的开篇处即写了老通宝面对河道里行驶的洋人的小火轮船的那种愤懑的心理:"老通宝向来仇恨小轮船这一类洋鬼子的东西!他从没见过洋鬼子,可是他从他的父亲嘴里知道老陈老爷见过洋鬼子:红眉毛,绿眼睛,走路时两条腿是直的。并且老陈老爷也是恨洋鬼子,常常说'铜钿都被洋鬼子骗去了'。"虽然老通宝不明白洋鬼子是通过什么法子骗去了钱,但他知道,"自从镇上有了洋纱,洋布,洋油——这一类洋货,而且河里更有了小火轮船以后,他自己田里生了来的东西就一天一天不值钱"。从中可以看出,不论是在普通民众感受认知的层面,还是在中国对外商品贸易的层面,以火车、铁路、枪炮等为代表的西方现代工业文明的产物与产品在最初进入中国时都充满了入侵的意味。"西洋物"不唯先进、新奇、精妙,它同时夹杂着欺压、掠夺与瓜分,所以那种弥漫在如沙子龙、老通宝心头的抵触、屈辱与无奈的情绪,也正折射了中国民众在最初接触"西洋物"时的特有的心理,而这也构成了中国民众于晚清时开始"遭遇"现代时的复杂心态。

二

铁路最初在中国的出现,一方面包含着深刻的西方列强瓜分中国的意图;另一方面,围绕铁路建设及其运营,客观上推动了中国民族资产阶级的兴起,同时带动了交通运输业以及钢铁、煤炭、矿业等行业的发展。此外,围绕铁路建设及运营过程中基于资金运作而实行的投资入股、股权分配等方法,也刺激了资本主义经济形式在中国的发生。当铁路于晚清进入中国之际,一些有识之士开始从现代工业文明的角度对其进行审视和评价。林则徐在鸦片战争时期即在托人代译的《四洲志》一书中谈到了铁路的重要性。而参加过抵抗英国侵略战争的魏源在其编撰的《海国图志》中也提到了火轮车和铁路,并表现出了极大的兴趣。太平天国运动中,洪仁玕在其撰写的《资政新篇》里论及了铁路对现代交通运输业发展的积极作用。1912年,孙中山放弃大总统一职后,开始担任"筹画全国铁道全权"一职,并成立了铁路总公司。1919年,孙中山发表了《实业计划》,在总体设计和全盘规划的基础上,为中国铁路发展勾勒了蓝图。这些都体现出近代以来那些极具现代眼光的有识之士对铁路建设之于中国现代化战略重要性的认识。同时,不但是认知与经济方式层面的变化,而且还围绕铁路建设及路权的控制问题,中国的民族资产阶级开始兴起和壮大,而这些又都对晚清以来的政治革命走向产生了深远的影响。

　　20世纪初商办铁路与保路运动的兴起,客观上推动了中国民族资产阶级的兴起,而这又使得中国的经济格局与政治格局发生了变化。正如有学者在谈及晚清社会风习的变化时所讲:"重商思想的日益增长,在社会中不仅产生了'不以积粟为富'的巨商大贾和新兴的买办阶层,而且还使更多的商人卷入中外贸易之中。这样,'士奋于学,民兴于仁'的士农工商的传统的社会结构开始瓦解。"①如前所述,由于资金、技术等方面的原因,晚清时期所建的铁路大多为西方列强所控制,而随着经济贸易活动的加快,民众有了强烈的收回铁路控制权的意愿,在渐次开放的中国铁路建设市场上,中国民间资本与外国资本展开了激烈的竞争。正是在这一背景下,1905年,清政府出台了新的铁路政策,允许各省铁路由准商民自办。新兴的民族资产阶级力量在进入20世纪后开始了收回路权的运动,这场运动从一开始便具有明确的反对帝国主义的属性。据统计,"从1903年至1910年,全国共有15个省,办起了19家铁路公司"②。其中,川汉铁路公司是在收回路权运动中全国成立最早的铁路公司,而正是在川汉铁路租股权的分配过程中,中国新的民族资产阶级开始形成,他们已不再是传统农耕社会中的地主阶层,也不是乡村社会中的封建士大夫,他们更具有近现代资产阶级的属性,他们既是川汉铁路的股东,又是商办川汉铁路公司的主持者,不论是经济主张、经营方式,还是政治权益的诉求及实施方式上都有了不同。正如有学者指出的:"随着资本主义在四川的发生和初步发展,四川出现了新的资产阶级和一批有发展资本主义要求的士绅。他们从自身的利益出发,对外国资本的威胁更为敏感,对政治改革的要求也更为迫切。他们逐渐卷入了四川的政治生活,给四川群众的反帝反封建斗争注入了资产阶级的影响,从而使近代四川的政治进入了一个新的历史阶

---

① 冷树青等:《百年中国社会风习寻脉》,社会科学文献出版社2016年版,第41页。
② 李占才主编:《中国铁路史(1876—1949)》,汕头大学出版社1994年版,第136页。

段。"①伴随着收回路权的运动,新兴的资产阶级在政治层面上也有了更多的诉求与表达空间。1909年至1910年,四川省相继成立谘议局、资政院、地方议事会等机构,这些正是新型政治力量崛起的标志,也是当年四川省立宪派人士主要的活动平台。最初,在全国铁路新政推行下,四川的铁路是由川人自办,所需款项分股征集,绅商股由绅士与商人自由认购,民股按全省田亩税租摊派,所集资金由绅士组织的铁路公司收集,存放于商号钱庄。但到后来,清政府从英、美、德、法四国银行处借得一千万镑,从日本横滨银行借得一千万元,决定将川汉铁路线由宜昌至夔府一段六百华里划为国路干线,收归国有。1911年5月,清朝皇族内阁颁布铁路国有政策后,随即引发了湘、鄂、粤、川等省的保路运动。四川随后成立了四川保路同志会,围绕保路运动发起了罢市、罢课、抗捐、抗粮的斗争,并最终演化为同盟会领导下的武装起义,"四川保路运动为中国引来了新的革命高潮,推动了各省革命斗争的高涨。正由于这种新的革命形势的出现,武昌起义得以一举成功,并得到全国响应,使清王朝迅速土崩瓦解"②。李劼人的长篇小说《大波》正是对这一历史事件和历史进程的生动书写。

作家李劼人曾亲身经历过四川保路运动。在这场运动中,他曾是四川保路同志会的学生代表。小说《大波》最初出版于1937年,后于1957年有过较大的修改,作品曾被郭沫若称为"小说的近

---

① 隗瀛涛:《四川保路运动史》,四川人民出版社1981年版,第87页。
② 隗瀛涛:《四川保路运动史》,四川人民出版社1981年版,第361页。

代《华阳国志》"。在这部小说中,作者以恢宏的气势和浓郁的巴蜀风情,全景展现了辛亥革命前夕四川保路运动轰轰烈烈的历史场景。在小说中可以看到,因路权争夺,川地民众于坊间茶楼、住家学堂所议议题,已不是往常的那些茶余饭后的闲言碎语或者学业、家务,而是多关乎铁路事宜,又由此论及国事、政事。如小说中所描绘的在保路运动中成都一所中学堂里发生的场景,当学堂教员郝又三听到学生议论洋人修铁路后,对学生谈了自己的看法:"我告诉你,人家把铁路建筑成功,人家就有主权,就可以自由运兵,自由运货。这下,就比如毒菌钻进我们的血管,你这个人还想生活吗?"[①]在《大波》中可以看到,不论是学堂里读书的楚子才、王文炳、罗鸡公,还是曾带过兵的吴凤梧,以及如伞铺掌柜傅隆盛、挑担卖荞面的陈荞面等小商人,都在急切地关注国事、政事,并最终加入到了保路运动中。铁路在改变他们生活中的经济运行模式的同时,也带来了他们政治意识的苏醒与自觉。同时,在与政府争权以及与洋人争利的过程中,曾经十分淡薄的民族国家意识开始在民众身上增强;在市民阶层中,生活在城市里的下层官员、商人、工人、读书人等成为近代以来最先觉醒的社会群体,他们在保路运动中也表现得最为活跃。小说《大波》看似处处从市井风情写起,却把这种市井生活情景的展现与保路风潮的涌动处处相连,生动地展示了川地不同身份的民众如何纷纷卷入保路

---

① 李劼人:《大波》,四川文艺出版社2011年版,第20页。

运动的大潮,以及一场路权争夺运动如何最终演化为一场反清的革命风暴。同时,小说更为深层的价值在于,围绕保路运动而把近代民间社会中民族国家意识的自觉以及新型的民族资产阶级兴起的状况生动地书写了出来。

李劼人的小说《大波》

三

中国新文学中的铁路叙事在抗战文学中有其特有的内涵及意义指向。在这一类作品中,铁路及火车连同岗楼、探照灯、太阳旗等一同成为日本侵略者的标志物与象征物。所以,在抗战文学中,铁路与火车常包含有敌对、冲突、侵略等意味,而伏击、破坏、炸毁、抢夺构成了抗战文学中有关铁路叙事的常见场景。这在20世纪30年代东北作家群笔下以及中华人民共和国成立后出现的表现抗日题材的作品中都有十分鲜明的体现。

近现代以来,日本在对华入侵的过程中,争夺与控制铁路始终是其侵略的重要内容。1914年日本对德宣战,并派兵侵占青岛和胶济铁路,随后与中国政府签订了所谓"二十一条",其中有相当一部分的条款涉及的正是日本在华的铁路权益问题。正是这一条约以及巴黎和会上相关约定的签署,成为五四运动爆发的直接诱因。1915年,日本以支持袁世凯实行帝制为条件,迫使袁政府接受"二十一条",条款中十分重要的一条便是将原德国控制的胶济铁路划归日本所有。1919年6月5日《民国日报》刊发的《铁路亡国之真相》一文,明确指出对铁路权的控制是日本侵华的重要手段,"夫今日所争者,岂止一青岛,所有二十一条、军事协定及附件并各种铁路条件,有一于此,即足断我国命而有余"①。1931年的"九一八"事变标志着抗战的爆发,而引发这一事件的导火索也与铁路有关。早在1891年,俄国便开始建造西伯利亚铁路,其主要战略目的之一,就是实施对中国的侵略计划。1905年日俄战争结束后,日本便与清政府签订了《东三省事宜正约》。通过这个条约,日本从俄国手里取得了辽东半岛的租借权,以及对从长春至大连的南满铁路的控制权,同时还取得了从丹东到沈阳的安奉铁路的直接经营权。接着在1906年,日本以经营南满铁路为名,成立了"南满洲铁道股份公司"(简称"满铁"),并以保护南满铁路

① 转引自宓汝成编:《中华民国铁路史资料(1912—1949)》,社会科学文献出版社2002年版,第258页。

和日本侨民为借口设立了关东军。1931年9月18日夜,日本关东军自行炸毁沈阳北部柳条沟的铁路,反诬中国军队并突袭中国驻军的沈阳北大营,震惊中外的"九一八"事变由此爆发。而正是在"九一八"事变之后,"满铁"就在日本关东军的指使下夺取了东北铁路交通设施的经营权。这里还可提及的是,曾参加策划"九一八"事变的十河信二于1955年被任命为日本国有铁道总裁,就在他任上,日本新干线工程开工建设,并于1964年建成了世界上第一条高速铁路,即东京到大阪的东海线,使得日本一跃成为铁路强国。

"九一八"事变后,"满铁"实际成为日本设在中国东北的侵略中枢机关,"为了'强化铁路沿线治安','满铁'以侵华日军为后盾,强迫铁路沿线两侧5公里以内的中国居民建立'铁路爱护村',有850万人被强制参加'爱护村',为爱护村团员。还编有协和少年团、青年团、爱路义勇队及国防妇人会等,要求他们打更巡视,看守防护,保护铁路安全"①。也正因此,在东北人民奋起抗日的过程中,铁路便成为重要的作战场域。最早在文学作品中表现日本侵占东三省暴行的是东北作家群,他们的作品大多表达了对侵略者的仇恨,反映了日本侵略者铁蹄下的东北人民的悲惨遭遇,而在这些文学作品中,铁路及火车作为重要的入侵意象及场景而被书写。作家罗烽的小说《呼兰河边》开篇描写道:"一连三天呼

---

① 李占才主编:《中国铁路史(1876—1949)》,汕头大学出版社1994年版,第298页。

兰河桥的日本铁道守备队的防守所加紧着防御的工作:战沟上新近覆盖了枕木和土;在防守所的房顶上也新搭成了一个小小的瞭望台。士兵们轮着值班,昼夜在那里守望。而且有四架重机关枪各据盖沟的一角,探出凶残的脑袋,向着无边的郊野窥视着。"①这段场景的描写极具代表性,在许多表现抗战的文艺作品中,铁道线、探照灯、岗楼与太阳旗、三八大盖枪一并成为标志日本侵略者的符号化的存在。由此,它们也成为承载国人关于抗日战争历史记忆的重要组成。所以在这类作品中,包括铁道、火车在内都成为反侵略斗争中破坏与攻击的对象。骆宾基的长篇小说《边陲线上》写到了王四麻子、老张、杨庆等闯关东的人们,在东北为日本人修筑铁路却受尽欺压,最后参加义勇军成为抗日力量。萧红的短篇小说《旷野的呼喊》讲述的是乡民陈公公的儿子明着在松花江边帮日本人修铁路挣钱,实际上是借此找准时机破坏铁路线来打击日本人,最后弄翻了日本人的火车,自己也因此被抓捕。萧军的代表作《八月的乡村》里,描写了铁鹰队长带领着抗日游击队在铁道线上通过破坏铁轨来伏击日军,并抢夺敌人枪支的情节。"铁轨条在枕木上增加地起着骚动! 人们的颊骨开始突出着,眼睛燃烧,握枪的手变得简直有点不准确,差不多这是窒息了一样——虽然这斗争并不是第一次。"②可以看到,东北作家群作品

---

① 罗烽:《呼兰河边》,见王培元编选:《东北作家群小说选》,人民文学出版社 2011 年版,第 195 页。
② 逄增玉主编:《1931—1945 年东北抗日文学大系第三卷·长篇小说卷》,黑龙江大学出版社 2017 年版,第 1006 页。

中所出现的围绕铁路及火车而展开的抗战场景的叙述，正与"九一八"事变后日本人在东北依托铁路而进行的侵略史实有着直接的对应关系。

东北作家群萧军、萧江等的作品

抗日文学中的这种铁路叙事特征在中华人民共和国成立后的20世纪50至70年代的革命历史题材小说中同样有着十分鲜明的体现，其中长篇小说《铁道游击队》可谓中华人民共和国成立后抗日文学中围绕铁路而展开叙事的最有代表性也最有影响力的作品。这部小说出版于1954年，表现的是抗日战争时期山东鲁南地区的一支游击队，在日本侵略者占领区的铁道线上与日军正面作战的故事。作者刘知侠在小说的起笔处便交代了写作这部作品的缘由："日本鬼子占领枣庄以后，夺去了煤矿，许多有钱的先生们，在鬼子的刺刀下为敌人服务。又正是这些'煤黑'们……在共产党的领导下，怎样对敌人展开轰轰烈烈的英勇斗争，他们在敌占区的枣庄、临城、津浦干线和临枣支线铁路两侧，把鬼子闹得天翻地覆,创造了许多英雄事迹。"①作品中故事的叙述正是围绕着这些场景和情节展开的,游击队战士或在飞驰的火车上抢夺敌人的枪械及其他军用物资,或是掩护赴前线作战的我方人员穿过敌人封锁的铁道线,或是破坏列车和桥梁切断敌人的运兵线,这些都成为作家着力表现的内容。除《铁道游击队》之外,革命样板戏《红灯记》也述及抗战年代,讲述了共产党员李玉和以铁路工人的身份对敌斗争的故事。可以看出,抗战文学中的铁路叙事总是包含着侵略与反侵略的意义指向。在相关的文学作品中,火车与铁路常常不仅是重要的战争场域,也是保家卫国的中国军民极力摧毁的对象;而这一叙事走向的形成,正是基于近现代以来日本对在华铁路线的抢夺与控制,从而使得铁路成为日本对中国进行军事侵略和经济掠夺的重要手段和途径,由此也便形成了抗战文学铁路叙事中那些特有的情节与场景。

刘知侠的小说《铁道游击队》

---

① 刘知侠:《铁道游击队》,中国青年出版社2012年版,第1—2页。

四

在中华人民共和国成立后的 50 至 70 年代的工业题材文学作品中，铁路叙事成为正面展示新中国工业领域建设面貌及成就的重要层面，围绕着铁路展开的叙述，也承载着人们有关社会主义工业建设的诸多期盼与憧憬。

艾芜的长篇小说《百炼成钢》一开篇便随着新上任的厂党委书记梁景春的视角，展开了一幅中华人民共和国成立后工业化建设的画面。"汽车随着马路，突然转个方向，无数庞大的建筑物和许多的烟囱就在远远近近的地方，一下子出现。不断升起的黑黄色云烟，好像遮蔽了半个天空。木牌子做的大标语，扑面而来：'努力建设社会主义社会'，接着又是'为祖国社会主义工业化而奋斗'。""火车轰轰隆隆地奔跑过去了，拦马路的木杆支起，汽车重新开动，顺着堤埂边的马路驰入工厂区域。梁景春却不留意马路上的热闹景象了，只是望着冲天的高炉、庞大的瓦斯库、高耸的水塔、架在空中的煤气管、无数林立的烟囱，以及许多未曾见过的东西，感到无限的惊奇，仿佛进入一个童话的国度。"[①]这是一个十分富有时代气息和象征意义的场景。火车终于以一种极具现代工业文明气息的方式出现在了新中国作家的笔下，真切地体现了

---

① 艾芜：《百炼成钢》，见《艾芜文集·第三卷》，四川文艺出版社 2014 年版，第 6 页。

一个刚刚建立的独立的现代民族国家对自身工业化发展前景的畅想与自信。

杜鹏程是中华人民共和国成立后20世纪五六十年代里创作有关新中国铁路建设题材作品最多的作家。1954年长篇小说《保卫延安》出版后,杜鹏程便将关注的重心转向了铁路建设。他先后在黎湛铁路、宝成铁路、三门峡支线、陇海铁路复线、成昆铁路等建设工地体验生活,从而创作出了大量的表现中华人民共和国铁路建设景象的文学作品。杜鹏程的这些铁路建设题材的作品,主要是从不同的角度去呈现新中国铁路建设者的壮美心灵、忘我的工作热情以及朝气蓬勃的精神面貌,从而以一种极具感染力的叙述方式把20世纪五六十年代的工人风貌以及工业战线上十足的建设热情和干劲书写了出来。短篇小说《工地之夜》从一个司机的视角来写,为了保障铁路建设的进度,铁路工地总指挥如何争分夺秒地与时间赛跑,全力以赴地奔走在各个铁路建设的工地上的故事。《延安人》写的是曾在延安干革命的一家人,现在已是一处铁路建设工地上的材料保管员,从革命者到工人,家中人的身份及任务都发生了变化,但不变的是全心全意的奉献精神。《工程师》写一家三代人都是铁路工人,爷爷李老山是领工员,父亲是桥工队队长,而李永江则是在这个工人家庭中成长起来的新一代工人,在自己不懈的努力以及工程局的培养下,成了一名年轻有为的桥梁设计工程师。小说《夜走灵官峡》则从一个铁路工人家庭里看护小妹妹的男孩成渝的角度,侧面描写宝成铁路热火朝天的建设情形。除小说之外，杜鹏程还写了许多同样是表现铁路建设场景的散文特写。散文特写将读者的视线带向了铁路建设工地上的一些特殊工种的工人们，展现了他们的劳动情景和工作精神。特写《潜水兵》写的是奋战在黎湛铁路重点工程郁江大桥工地上的人民解放军铁道兵的潜水员，他们为了保障桥梁建设的顺利进行，不惧艰险，开展水下检测和相关的施工作业。《在秦岭工地》关注的则是宝成铁路的秦岭建设工地上打通隧道的钻探工，着重写他们如何努力熟悉和掌握不同岩石的特性以及不同地质结构的特点，从而有力地保障了隧道钻探的顺利推进。《嘉陵江畔》写的是宝成铁路建设工地上保健医生的日常工作场景。通过作者的叙事，人们了解到，当年铁路建设工地上的很多工人来自农村，他们大多没有过过集体生活，卫生习惯也很差，一些铁路项目一下子集中了数万名工人，个人卫生、伙房卫生、工棚卫生、环境卫生都成了严峻的问题。作品重点写了工地上的保健医生如何一边给工人医治，一边教会工人们保持好的卫生习惯，从叠被子、洗衣服、刷牙漱口、食物储藏、打扫厕所、剪指甲等一个个生活的细节讲起，为保障工地良好的卫生环境和工人的身体健康做出了巨大的贡献。可以看到，杜鹏程的这些作品抓取新中国不同的铁路建设工地的劳动场景展开描写，主旨在于突显铁路建设工人的无私奉献、忘我工作的精神面貌，同时把中华人民共和国一个传统的农业大国在工业化建设过程中所激发出来的巨大热情书写了出来，并对工业战线上的社会主义劳动者进行了热情洋溢的礼赞和讴歌。

如果说在上述短篇小说和散文特写中,杜鹏程多侧重展现铁路建设一线工人们的壮美情怀,那么他的长篇小说《在和平的日子里》则全面地展现了 20 世纪 50 年代中国铁路建设工地的劳动场景。这部小说完成于 1958 年,小说虽然在情节设置、形象塑造、主题指向等方面有着极富年代感的叙事特征,比如突出路线斗争,侧重对个人主义思想的批判等,但在展开的情节中,让我们看到了 20 世纪 50 年代中国铁路建设工地上诸如施工方式、管理机制、人员设置、设备设施等的具体情形,恰恰是这些方面凝聚着有关中国铁路建设的宝贵经验。小说着重写的是某铁路建设工程第九工程队的故事,作品中对工程队人员组成的叙述,十分真切地反映了中华人民共和国成立后铁路建设队伍从无到有的组建过程,也把新中国在革命战争到和平建设的转变过程中那种状貌和特点书写了出来。小说中的工程队队长老阎、副队长梁建在战争年代曾在同一个步兵团工作,后来这个团被改编为工兵团,负责抢修铁路,从 1953 年第一个五年计划开始,这个团的三千多人集体转业,成立了第九工程队。最初从盖工棚、采集沙石、修运输便道干起,到第二年人员增加到一万五千名,正式开始了铁路工程的建设。从战士到工人,从拿枪打仗到操持各种工具修铁路,中华人民共和国成立后开工建设的铁路基本上是靠这样的一支支队伍完成的,大家边干边学,边学边干,"各级领导干部摸索出一套工作规律了,工人们会熟练地运用他手里的工具了,一切都

有条理了"①。在小说中可以看到，工程队的领导老阎、梁建等如何全面负责铁路建设中的生产调度、进度安排、人员管理、生产运行、任务分配，如何处理安全事故、劣质工程、洪涝灾害等问题。老工程师张如松中华人民共和国成立前在大学里从事教学科研工作，后投身于铁路建设，成为一名技术人员，工程局成立后，他成了总工程师，全面负责施工技术及新人指导。韦珍是新中国培养出来的第一代年轻的技术人员，傅以明、常飞等是大学或中等技术学校毕业的年轻工程师，他们组成了铁路建设中最重要的技术力量。小说中对施工场景的描写，让我们看到当年铁路建设的具体场景以及设备设施的情况，"目前，这桥梁工地是第九工程队最紧张、最热闹的工点之一。桥址附近，堆着钢筋、水泥、木板、椽子、方木、圆木、绳索、沙石。到处都是胶皮管子。抽水机、卷扬机、起重机和混凝土搅拌机，在轰隆隆的吼叫着"②。同时，随着叙事的展开，还能看到20世纪50年代铁路建设工地特有的生活气息："从队部门前到大便桥眼前，非常热闹：树荫下，崖底下，凡是荫凉的地方，就有山区老乡出卖柴禾、菜蔬、木耳、核桃、酸枣……还有钉鞋的、卖杂货的、卖凉粉的、算卦的、耍猴儿的……""下了工的人，熙熙攘攘挤到这里买东西；上工的职工们，豁开人，经过大便桥到工地去了。工人的孩子们，背着小书包，一跳一蹦去上学。工人的老婆背着在工地出生的小孩，提着饭盒到工地去送

---

① 杜鹏程：《在和平的日子里》，陕西人民出版社1978年版，第89页。
② 杜鹏程：《在和平的日子里》，陕西人民出版社1978年版，第52页。

饭。"①这样的场景叙述,让人真切地感受到20世纪50年代铁路工人的干劲,虽不乏浪漫主义的笔调,但那种对工业化建设的巨大热情还是呼之欲出。"嘉陵江两岸,处处都有坚忍不拔的劳动者,紧张而有次序地工作着。有的扛木料,有的背水泥,有的搅拌混凝土,有的用小斗车推沙子、料石。整齐平坦像城墙似的路基上,有许多工人在铺轨。他们,有的扛着枕木,有的抬着钢轨,有的在钉道钉。雄壮的'号子'声,在千山万壑里引起巨大的回声。随着这震撼天地的声音,贯通祖国大西北与大西地的铁道,迅速地向远方伸展。""山坡上的喇叭筒里,伴随着欢乐的音乐声不断地播送出铺轨工人们用力量和智慧凝聚成的新纪录。这新纪录,使工地起伏着阵阵激动情绪。人人都感觉到:钟表'宗宗宗'的响声,就是时间的脚步声。在这时间的脚步声中,人和自然界都在改变面貌,世界上都在增添新的东西——哪怕为了这些新的东西而付出了重大的代价!"②这些场景书写出一个民族自主进行工业化建设的自信与朝气,正是那个岁月投入社会主义建设的劳动者们身上所散发出来的最为宝贵的品质和精神。

与20世纪50至70年代文学作品中着重表现新中国工人建设风貌的铁路叙事不同,20世纪80年代文学中出现的铁路叙事及火车意象大多具有一种强烈的象征性意蕴,传递出的是刚刚结束一场动荡之后,民族对未来新生活的憧憬和渴望,这在20世纪80

---

① 杜鹏程:《在和平的日子里》,陕西人民出版社1978年版,第226页。
② 杜鹏程:《在和平的日子里》,陕西人民出版社1978年版,第261页。

年代初期的文学作品中表现得尤为突出。

　　小说《春之声》不论是对王蒙复出后的小说创作而言，还是对发端期新时期文学而言都有着重要的意义，作品围绕平反复出的知识分子岳之峰在乘车回乡的旅程中心理感受进行叙述，把一种由社会变化带来的对生机勃勃的新生活本身的触动写得细致入微。作者在文中始终把这一微妙而复杂的心理感触与主人公所乘坐的那列火车的描绘交织在一起。作品中描写到，虽然乘坐的是一列简陋的闷罐火车，但岳之峰的内心是愉悦的，那火车车轮行驶中发出的声音在他听来也是十分的美妙："呵，当然，那只是车轮撞击铁轨的噪音，来自这一节铁轨与那一节铁轨之间的缝隙。目前不是正在流行一支轻柔的歌曲吗，叫作什么来着——《泉水叮咚响》。如果火车也叮咚叮咚地响起来呢？"①这样的心情表达的背后，呈现的是一种终于从禁锢的生活状态中走出来后的轻松愉悦，只有以如此安宁的方式倾听生活本身的声音，才会从车轮撞击铁轨的噪音中听出动听悦耳的旋律。不仅如此，这奔驰的列车已不只让岳之峰感知到富有生机的生活的回归，也让他感知到时不我待的紧迫感。刚刚平反的岳之峰随团出国访问，在与外面世界的对比下，回到正常生活轨道的岳之峰有了对未来生活更多的期待。这种感触同样是通过火车这一意象表达的："斯图加特的奔驰汽车工厂的装配线在不停地转动，车间洁净敞亮，没

---

① 王蒙：《王蒙文集·短篇小说（上）》，人民文学出版社 2014 年版，第 245 页。

有多少噪音。西门子公司规模巨大,具有一百三十年的历史,而我们才刚刚起步。赶上,赶上! 不管有多么艰难。哞,哞,哞,快点开,快点开,快开,快开,快,快,快,车轮的声音从低沉的三拍一小节变成两拍一小节,最后变成高亢的呼号了。闷罐子车也罢,正在快开。何况天上还有三叉戟?"①这段文字典型地表达出从政治运动中走出来后人们对新生活的一种强烈的期待,这也是整个20世纪80年代推动社会变革,带来社会转机的一种带有共识性的普遍的社会心理。

王蒙的小说《春之声》发表于1980年第5期《人民文学》

述及20世纪80年代文学中的铁路叙事,铁凝的小说《哦,香雪》同样是一篇极富象征意蕴和时代内涵的作品。在这篇1982年所写的小说里,铁凝以其充满诗意而欢悦的口吻讲述了随着铁路铺进大山深处,给沿线的一个小小的山村及村里年轻人的生活带

---

① 王蒙:《王蒙文集·短篇小说(上)》,人民文学出版社2014年版,第246—247页。

来的变化。"如果不是有人发明了火车,如果不是有人把铁轨辅进深山,你怎么也不会发现台儿沟这个小村。它和它的十几户乡亲,一心一意掩藏在大山那深深的褶皱里,从春到夏,从秋到冬,默默地接受着大山任意给予的温存和粗暴。然而,两根纤细、闪亮的铁轨延伸过来了。它勇敢地盘旋在山腰,又悄悄地试探着前进,弯弯曲曲,曲曲弯弯,终于绕到台儿沟脚下,然后钻进幽暗的隧道,冲向又一道山梁,朝着神秘的远方奔去。"[①]小说讲述的故事以及讲述这个故事时那种极富诗意的笔调都极具象征意味,它将人们对未来生活的憧憬以及对现代化的殷切期待充分地表达了出来。

铁凝的小说《哦,香雪》发表于1982年第5期《青年文学》

相比于20世纪二三十年代文学中的铁路叙事,20世纪80年

----

① 铁凝:《铁凝小说选》,人民文学出版社2009年版,第382页。

代小说中的乡村及民众与火车不再是对立的关系,火车带给人们的不再是《断魂枪》中的那种陌生与恐惧,而是一种欣喜与期待,它是自强独立的民族对未来充满信心的表露。铁路与火车的异质性消失了,它们转而成为人们展望现代化前景的重要载体,这种情感的表达、想象和认知极具20世纪80年代的精神特质。现代化之于20世纪80年代有着特殊的意义,它是人们得以与昨天告别的精神支点,同时又是全民有关未来构筑起的一种新的共识。20世纪80年代文学铁路叙事中涌动的诗意与欢欣及其传递出的意义指向,正是整个民族对现代化发展前景的坚定信念的生动表达。

第五章　岁月往昔:共和国一代的青春记忆

　　知青这一代是随着中华人民共和国的成立而成长起来的第一代青年,他们的人生经历也是共和国历程的一种记录和见证。中华人民共和国成立后为了解决城市中的就业问题,同时也为了更好地促进农村经济的发展,从20世纪50年代中开始就组织将城市中的年轻人移居到农村,并在边远的农村地区建立农场。早在1953年,《人民日报》就发表社论《组织高校毕业生参加农业生产劳动》。1955年12月,毛泽东在《在一个乡里进行合作化规划的经验》一文的按语中写道:"这也是一篇好文章,可作各地参考。其中提到组织中学生和高小毕业生参加合作化的工作,值得特别注意。一切可以到农村中去工作的知识分子,应当高兴地到那里去。农村是一个广阔的天地,在那里是可以大有作为的。"最后的那句话,成为20世纪60年代中后期知青上山下乡运动中传播最为广泛的宣传语。从这一年开始,共青团开始组织农场,鼓励和组织年轻人参加垦荒运动。1968年12月22日,《人民日报》头版头条编者按语中传达了毛泽东的最新指示:"知识青年到农村去,接受贫下中农的再教育,很有必要。要说服城里干部和其他人,

把自己初中、高中、大学毕业的子女，送到乡下去，来一个动员。各地农村的同志应当欢迎他们去。"大规模的知青上山下乡运动就此拉开序幕，直到 20 世纪 70 年代末才逐渐降温。知识青年上山下乡运动前后持续了二十多年，从总的发展情势来看，大体可以将知青的上山下乡运动分为三个阶段：第一个阶段从 20 世纪 50 年代初到 60 年代中期，是知青上山下乡运动的初始阶段；第二个阶段是 20 世纪 60 年代中期至 70 年代中后期，这是知青上山下乡运动的高峰期；第三个阶段是 20 世纪 70 年代末至 80 年代初期，这是知青上山下乡运动的退潮期。1977 年恢复高考，知识青年掀起了返城的大潮。一些地方的知识青年甚至以请愿和罢工的形式来表达他们返城的意愿。1980 年 5 月 8 日，时任中国共产党中央委员会总书记胡耀邦提出不再搞上山下乡运动。同年 10 月 1 日，中央基本上决定过去下乡的知识青年可以回故乡城市。据统计，从 20 世纪 60 年代初期至 70 年代末，全国总计有 1700 多万城镇知识青年输送到农村。

《人民日报》刊发知识青年上山下乡的文章

20世纪80年代以来的知青文学正是由这些有着知青经历的作家所带来的,如史铁生、叶辛、梁晓声、张承志、张抗抗、陆星儿等。这些作家大多以自己的知青经历和见闻为素材,记录了知青一代人坎坷的命运以及他们的青春年华,同时使得知青文学成为中国当代文学发展史上较为特殊的一页。知青文学是对知青一代人命运遭际的记录,同时是对知青一代人青春成长的书写。知青一代,可以说是共和国发展史上人生经历最为坎坷的一代,同时在他们这一代人身上,也留下了最为鲜明的政治运动的印痕。知青群体中最为突出的便是所谓"老三届",老三届专指1966届、1967届、1968届初、高中毕业生。他们是中华人民共和国的同龄人,是中华人民共和国成立后十七年新中国教育体制下成长起来的一代。他们也是最为深刻地卷入20世纪60年代政治运动的一代人,从红卫兵到上山下乡的知识青年,是他们中绝大多数人在自己的青春时代所扮演的角色。正因为如此,使得知青文学既是这批共和国同龄人青春成长的记录,也是对20世纪50至70年代一系列社会政治运动的见证与反思。

《中国知青文学史》及相关文学作品

一

　　梁晓声是20世纪80年代文坛上较有影响力的一位知青文学作家。他创作的《这是一片神奇的土地》《今夜有暴风雪》《雪城》《年轮》等表现知青人生的小说,成为记录和见证一代知青青春热血与命运的最为生动的文本。与其他作家相比,梁晓声的知青小说中总是高扬着一种英雄主义与理想主义的情怀,他以慷慨激昂的叙述风格为知青一代的人生经历涂抹上了一层悲壮的色彩。梁晓声知青文学的这种叙事风格及基调的形成,与其本人强烈的知青情怀有着密切的关联。梁晓声1949年生于黑龙江省哈尔滨市,是典型的共和国同龄人。1966年他恰好年满十七岁,刚刚初中毕业于哈尔滨市第二十九中学。他与当时无数的中学生一样,激情昂扬地投入了当年的政治运动。1968年梁晓声响应中央的号召赴北大荒插队,在原沈阳军区黑龙江生产建设兵团第一师第一团先后当过农工、小学教师、报道员。1974年被团木材加工厂推荐上大学,进入复旦大学中文系创作专业学习。1977年毕业,被分配到北京电影制片厂任编辑,1988年调至中国儿童电影制片厂当编剧,后任教于北京语言大学人文学院中文系。很多知青的前身是红卫兵,这种身份,也铸就了知青身上尤其是"老三届"身上非常鲜明的理想主义与英雄主义相交织的气质与情怀,这种特有的气质某种程度上甚至成为一种无法割舍的信仰与宿命。梁晓声的小说《雪城》与《年轮》着重对知青返城后的人生境遇进行描述，作品着重呈现的是上山下乡的人生磨难在知青身上的沉淀，以及由此形成的独特的为知青所有的气质与性格。小说《雪城》以曾在黑龙江兵团担任营指导员的女知青姚玉慧为主线人物，讲述了她和她的兵团战友王志松、郭立强、徐淑芳、刘大文等返城后的种种人生情状。在带有强烈的悲壮意味的叙述中，梁晓声赋予了知青群体以高洁的道德情怀，这种道德情怀甚至成为作者批判现实的一个重要的视角。在梁晓声的这些返城知青小说中，突出地描写了知青群体与所在城市的现实环境的冲突，同时着重写出了没有过上山下乡经历的年轻一代对知青群体的排斥和歧视；而在这种冲突中，梁晓声常常将与知青对立的现实社会环境以及非知青社会群体置于受批判的地位，这形成了梁晓声知青小说中历史评判的道德视点。

梁晓声的小说《雪城》发表于1986年第4期《十月》

除返城知青题材的小说外,在讲述当年知青在兵团时期的生活的作品中,梁晓声也为曾经岁月的沧桑生活注入了强烈的悲情与庄严的色彩。如在小说《这是一片神奇的土地》中,作者以第一人称的方式,讲述了"我"、小妹、副指导员李晓燕、"摩尔人"王志刚等知青在北大荒的故事。在鬼沼、狼群、血热病的威胁下,这些带着理想主义激情的知青们与凶险的大自然展开了殊死搏斗,最终导致除"我"之外的三位知青献出了自己年轻的生命。小说极力渲染了一种悲壮的氛围,将战斗在边荒的知青们作为理想主义的献身者进行塑造。在作品中,梁晓声突出描写了知青战天斗地的悲壮情怀;而在知青返城后境遇的描述中,梁晓声又重点突出了知青群体与所处城市社会环境及非知青群体生活方式的对立与冲突。这样的历史叙事模式,使得梁晓声的知青文学带有了更多的为付出青春热血的一代人证明和辩护的意味。

梁晓声的小说《这是一片神奇的土地》发表于1982年第8期《北方文学》

在20世纪80年代的知青文学作家中，着意表达青春无悔主旨的不在少数。除梁晓声的作品外，这一主旨在史铁生、张承志、叶辛、孔捷生等人所创作的知青文学中表现得也十分突出。从个人的人生价值与青春成长证明来看，这样的精神诉求无疑是无可厚非的。可以说，在中华人民共和国成立后成长起来的几代人中，知青一代的青年时代是最有激情也最具理想主义色彩的，其信仰的执着、坚定以及为理想而献身的果敢没有哪一代人可以与之相提并论。知青也是在他们青年时代为自己的青春理想付出最多的一代。与其后成长起来的一代代人的青春年华相比，知青一代人无疑承受了太多的坎坷与磨砺。所以，当众多有着上山下乡经历的知青作家在他们的作品中传递出青春无悔的感慨时，这在情理上是十分自然的。正如一位1968届初中生对自己当年在内蒙古兵团当知青经历的回顾："8年以后，我离开兵团回到北京。经常的知青聚会活动中，我不再是最热情、最活跃的分子，而常常只是坐在一边，听别人说。直到有一天，像是突然发现，我们的孩子已经长到了我们当初下乡的年龄，我才禁不住又一次热泪盈眶，感慨万千。我想起了我的15岁，我一遍又一遍地问自己：可曾圆了我15岁的少年梦？至于我们的孩子，他们无疑比我们当年幸运、幸福；可是，我也并不认为自己不幸，并不觉得我们那一代人就生不逢时。因为，人无法选择生活本身，但可以选择生活态度，我的青春诚然是在内蒙古的沙漠里度过的，但我年轻的心没有哪一天不是认真、诚实的，我没有辜负自己的生命。因此，我的青春无悔。"①但与此同时我们也看到,不少有着知青经历的作家与学者表达着对这种"青春无悔"声音的质疑。长期从事知青文学创作与知青文学研究的学者郭小东对此有过这样的表述:"确实,知青后状态在20世纪80年代知青文学中,演绎出了新的文学主题:知青们昂首回城了,可生活更为严峻。他们再度自我放逐的结果是,他们被时代、被城市抛弃了。处在人生的每一个关键时刻,他们仿佛都扮演出了弃儿的角色。被抛弃感重重地弥漫于知青后状态的文学主题中。他们承担了时代错误同时承担了命运的失败。他们尽管如此,仍然无怨无悔,努力演绎着一个相反的结论:青春无悔。这种调式几乎统治了80年代知青文学的主题,主题内涵的矛盾与复杂所昭示的是什么呢?可以青春无悔的永远是知青中的少数人、少数成功者,自然包括知青作家们。"②

二

同样是对兵团知青经历的叙事,老鬼的长篇小说《血色黄昏》呈现出与梁晓声的知青小说不同的叙事走向与反思意识。如果说梁晓声的知青小说中始终饱含着一种为知青一代的青春正名的情感的话,那么老鬼的《血色黄昏》中倾诉出的却是一代知青对青春被摧毁、人生被蹂躏的愤恨与诅咒。老鬼,原名马波,是著名

① 黄新原:《五十年代生人成长史》,中国青年出版社2009年版,第141页。
② 郭小东:《中国知青文学史稿》,北京十月文艺出版社2012年版,第204页。

作家杨沫的儿子。他 1947 年生于河北省阜平县，1968 年去内蒙古锡林郭勒盟插队。1977 年底恢复高考，老鬼考入北京大学中文系。1982 年大学毕业后曾在文化艺术出版社任编辑，后调到《法制日报》社工作。1987 年底，长篇小说《血色黄昏》出版发行。小说《血色黄昏》是老鬼根据自己八年草原知青生活的经历创作的。作者用大胆泼辣的笔触塑造了主人公林鹄的形象：他偏执、多疑、暴戾、好斗，却又刚毅、倔强、不媚、不俗、疾恶如仇。1968 年冬，林鹄和他的伙伴一起步行去内蒙古，自愿扎根边疆，成为内蒙古生产建设兵团的一员，后因给指导员提意见而被打成现行反革命分子。在自尊沦丧、人格扭曲的日子里，林鹄度过了八年被专政的生活。这部作品也成为描述当年内蒙古生产建设兵团中知青生存状况的一部十分重要的作品。内蒙古生产建设兵团成立于 1969 年。为了加强北部边防，早在 1966 年，中共中央华北局和内蒙古自治区党委指示，由中国人民解放军内蒙古军区负责筹建内蒙古生产建设兵团，其任务是：屯垦戍边，寓兵于农，稳定边疆，保卫边疆。1969 年 5 月将中国人民解放军原华北建设兵团职工、干部 3000 多人并入内蒙古兵团。同年秋，内蒙古生产建设兵团通过接收北京、天津、上海、浙江、河北、山东等省、市区及本区呼和浩特、包头、巴彦淖尔盟、乌兰察布盟的知识青年而迅速膨胀起来。兵团编为 6 个师、41 个团，其中一师、二师、三师设在巴盟，四师、五师、六师设在锡林郭勒盟。1971 年 5 月兵团发展到 14.5 万人，其中现役军人 5600 人，职工 10.1 万人，家属 3.8 万人。知识青年

7.6万人,占职工总数的75%。1975年6月24日,国务院、中央军委批准撤销内蒙古生产建设兵团。老鬼于1968年赴内蒙古锡林郭勒盟巴颜孟和牧场插队,1969年起归内蒙古生产建设兵团管理。作为一部知青题材的小说,《血色黄昏》最为突出的便是对生产建设兵团的粗粝、原生态的知青生活记录与描写,以及对血性青春的真切叙述。

在当年的政治运动中,老鬼如其他被阶级斗争之火点燃的热血青年一样,成为最为激进的造反派,在破"四旧"(旧思想、旧文化、旧风俗、旧习惯)、文攻武卫中,他将挥着拳头的暴力行动理解为革命对敌斗争的正义之举。老鬼在《血色黄昏》中正是以这样的视角和口吻,叙述了那段狂热岁月里被扭曲了的灵魂是如何留下一段残酷血腥、支离破碎的人生。老鬼对这段历史的叙述没有刻意地将其以事过境迁的方式进行过滤,而是以纪实的笔法还原历史本身的粗暴与狂乱。老鬼《血色黄昏》的可贵之处在于,他在对历史进行批判性反思的时候,没有对自己在这一历史背景下的表现进行任何美化的处理,而是将个体的人性的扭曲与沉沦进行了毫不回避的呈现。这种自我剖析意识显得尤为难能可贵。如在写到自己在运动初期为表现自己的革命性而带头抄了受到批判的母亲杨沫的家的情形时,老鬼这样反思了自己彼时的心理动机:"我为自己把母亲践踏在脚下的革命行为激动;我为自己一心跟毛主席干革命、大义灭亲的气概自豪。用打击妈妈来表现自己革命,用打击妈妈来开辟自己的功名道路,用打击妈妈来满足自己对残酷无情的追求。"[1]老鬼正是带着这样的反思意识对自己八年的兵团知青经历进行了犀利的剖析。作者在历史追叙中，既写到了自己初到牧区时对牧区的所谓牧主分子以阶级斗争的名义所进行的凶残冷血的殴打，同时也写了自己因言获罪被划为现行反革命分子后所遭受的非人折磨。八年的知青人生让他看到了兄弟相残、友情背叛、出卖告密、以权谋私、欺诈蒙骗的种种卑劣丑相，而这一切便构成了一部生活在那段岁月中的一代知青的成长史。

远方出版社曾于2002年出版了一部名为《我们曾经是动物》的纪实文学作品集。这部集子中收录了包括刘恒、徐坤在内的十二位文化界人士的个人回忆性文字，十二位写作者的共同之处便是在运动年代度过了自己的青春岁月，而这十二篇作品也都是作者从个人的视角对那段岁月的记录与叙述。在这些回忆性的叙述中，他们对曾经的知青经历发出的不再是青春无悔的感慨，而是从个人遭际出发表达出对那个时代的沉重叹息。如作者朱吉余在作品中写道："那时，在知青中莫名其妙地传布着'青春无悔'的呓语，其实又有多少知青具有是'悔'还是'不悔'的权力。因为对大多数知青来说，当初根本没有选择，既然不曾选择，现在又怎么说得上是'悔'还是'不悔'。"[2]不仅仅是从思想层面上对那段岁月进行沉痛的反思，很多亲历者在对往昔岁月的回顾中真切地记

---

① 老鬼：《血色黄昏》，中国工人出版社1989年版，第517页。
② 朱吉余：《拒绝下跪的青春》，《我们曾经是动物》，远方出版社2002年版，第271页。

录下了曾经的绝望与颓废。20世纪70年代中后期,大批知青已开始想方设法返城,历史已无可辩驳地显示出了上山下乡运动的荒谬性,而曾经带着革命的热情投身于其中的那些知青们,面对自己已逝的青春与无望的未来怎能不生出绝望的情怀? 云龙在其《祭恋》中这样描述了当时的情形:"后来,上级下达了明确规定,武装团的人不许返城,上大学、参军,回原先连队,30岁以后才可以予以考虑。那一年,我21岁,等到30岁,还要熬多少年呢?当时,我们连队一百多人,都是男青年,而且多半是来自北京、上海、天津、哈尔滨、温州的知青,大家看不到前途,开始绝望了,又由绝望而颓废。"①"知青们沸腾的热血开始冷却,骨子里还能信谁呢? 每个人的心里如同被挖空一般,意识的潜流里逐渐构成了对未来前途的迷茫。动荡的政治气候,饥荒和难抵御的酷寒,真是一个漫漫饥寒交迫的冬季。岁末,最低气温已达零下40摄氏度。从不同城市来的知青纷纷请假回家探亲,为的是尽快逃离这个从物质到精神都找不到出路的九道沟。"②面对这种无望与生命的沉沦,身处困境中的知青们只能依靠自己来完成自我的救赎:"我无法说清我当时该算怎样一个角色。我只是时时告诫自己,不能放弃,不能沉沦,不能堕落。我的感情已无所归属,我的精神却必须有所寄托。即使生存处境完全沦落到猪狗不如的境地,我所怀有

---

① 云龙:《祭恋》,《我们曾经是动物》,远方出版社2002年版,第271页。
② 缘凭:《生命的羁绊》,《我们曾经是动物》,远方出版社2002年版,第345页。

的那个梦想也不可以放弃。这是我的唯一了，否则，毋宁去死。"①

　　20世纪90年代以降的知青题材小说不论是叙事风格还是叙事指向，都与之前的作品有了较大的不同，以人性的拷问和历史荒诞性的揭示为主旨，以戏谑与调侃为表征的叙事风格显示出了知青文学在这一时期的转型，其中最为突出的便是王小波的以《黄金时代》为代表的作品。王小波，1952年5月13日出身于北京的一个知识分子家庭。父亲王方名是逻辑学专家、中国人民大学教授。王小波出生之时，正值父亲在政治上受难，取名小波，寄托了家人的一种美好期盼，希望这场政治打击会很快过去，带给全家的只是一次小小的风波。王小波于1968年在北京二龙路中学毕业后，去云南农场劳动，1971年在山东牟平插队，1972年回到北京，先后在北京牛街教学仪器厂和北京西城区半导体厂当工人。1978年考入中国人民大学贸易经济系，1982年毕业后在中国人民大学一分校任教。1984年赴美留学，在美国匹兹堡大学东亚研究中心获硕士学位。1988年回国后，先后任教于北京大学社会学所和中国人民大学会计系。1992年辞去公职，成为一名自由撰稿人。1997年4月11日凌晨，王小波因突发心脏病在北京去世。从小说创作来看，王小波主要的小说作品都被收入花城出版社于1997年出版的《时代三部曲》中，即《青铜时代》《黄金时代》《白银时代》。这三部小说集的作品各有不同的叙事指向。《青铜时代》

---

① 晓白：《我们曾经是动物》，《我们曾经是动物》，远方出版社2002年版，第59页。

演绎的是《太平广记》中的几则有关唐人的传奇故事,《白银时代》讲述的则是几个将来时态的故事,而《黄金时代》中的作品大多是指向"文革"的。在目前有关王小波小说的评论中,最被人们经常提到的也正是这一部分作品,主要包括《黄金时代》《三十而立》《似水流年》《革命时期的爱情》等中篇小说。

在中国的传统道德观念中,一直对性持有一种极不正常的态度,以对性的诋毁来实现对人的本能欲望的抑制,人性受到了束缚,人自身也便成为某种观念与思想学说的奴仆。所以阿Q想要找个女人的原因是"不肖有三,无后为大",而他真正面对吴妈时,口中说出的却是"我想与你困觉"。五四新文学的一个重要内容便是倡导"人的文学",而在"人的文学"的旗帜下,性观念的觉醒与解放是一个重要组成部分。郁达夫在《沉沦》中借留日学生"他"之口大胆地呼出:"苍天呀苍天,我并不要知识,我并不要名誉,我也不要那些无用的金钱,你若能赐我一个伊甸园内的'伊扶',使她的肉体与心灵,全归我有,我就心满意足了。"[①]进入20世纪80年代,最早揭开性的神秘面纱的是张贤亮,他的《男人的一半是女人》从人的自然之性的角度,对特定时期的政治观念与社会现实进行了反思,带有人道主义的色彩。王安忆的"三恋"(《荒山之恋》《小城之恋》《锦绣谷之恋》),深入人的心灵深处,揭示了本能的性与道德观念和环境的冲突。20世纪80年代中后期以来,

---

① 郁达夫:《沉沦》,《郁达夫小说全编》,浙江文艺出版社1989年版,第24页。

女性作家铁凝的《玫瑰门》、陈染的《私人生活》、林白的《一个人的战争》、卫慧的《上海宝贝》等，都深入而细腻地抒写出了女性独到的性心理与性体验；刘恒的《伏羲伏羲》、苏童的《米》则在历史的层面上展现了人的本能欲望与挣扎；贾平凹的《废都》更是从性的角度审视了当代文人精神家园的迷失与沉沦。但没有一个作家如王小波这样将性还原为性本身，而不再附着上其他诸如道德、理性、男权、罪恶、欲望、文明、文化等外在的因素。面对性，王小波是坦然的，他有意识地通过对性的直率讲述，以使人们用常态的目光来看待性。正如他所说的："在我看来，春天里一棵小草生长，它没有什么目的。风起时一匹公马发情，它也没有什么目的。草长马发情，绝非表演给什么人看的，这就是存在本身。"[1]在他看来，人的性欲与动植物的自然生命力没有区别。它就是存在之本身，没有任何需要去掩饰、谴责、奇怪、炫耀的理由。性与人的存在是直接相连的，是人生的一个自然组成部分，以回避、攻击、含蓄、窥探的态度来对待它，都是一种不正常心理的表现。所以王小波在作品中能够这样去描写知青王二的心理："我过二十一岁生日那天，打算在晚上引诱陈清扬，因为陈清扬是我的朋友，而且胸部很丰满，腰很细，屁股浑圆。除此之外，她的脖子端正修长，脸也很漂亮。我想和她性交，而且认为她不应该不同意。"[2]这是对一个极正常、极健康的年轻人的内心世界的描写。对这样的心

---

[1] 王小波：《黄金时代》，花城出版社1997年版，第67页。
[2] 王小波：《黄金时代》，花城出版社1997年版，第9页。

理进行描写,是文学作品中极自然的一种存在现象,不是大胆,更不是下流。王小波以此来破除人们面对性时扭曲了的阴暗心理。王小波意欲树立起世人的一种健康的性心态,同时他还努力向世人展现出性之于人生、之于生命美的一面,所以他会在《黄金时代》里这样描写王二与陈清扬的性爱场面:"陈清扬骑在我身上,一起一落,她背后的天上是白茫茫的雾气。这时好像不那么冷了,四下里传来牛铃声。这地方的老傣不关牛,天一亮水牛就自己跑出来。那些牛身上拴着木制的铃铛,走起来发出闷闷的响声。一个庞然大物骤然出现在我们身边,耳边的刚毛上挂着水珠。那是一条白水牛,它侧过头来,用一只眼睛看我们。"① 王小波通过对性的毫不掩饰甚至是极富诗意的描写,对某个时期弥漫于整个社会的禁欲主义气氛和假道学的虚伪气氛进行了尖锐的反讽。正如李银河所说:"看王小波小说所写的性,对国人长期以来被扭曲的心态有矫正作用。无论是对性变得冷漠、以无性为品质高尚的人,还是热衷于性却对它持有一种鬼鬼祟祟的态度,以为自己在干坏事的人,王小波笔下的性都是解毒剂。他对性的描写显得极其自然、干净。""他总是使用最精确、最直白的语汇写性,写性器官,写性活动。如果说艺术追求的是美,科学追求的是真,那么王小波的性语汇总是更偏向于科学而非艺术,这一偏向好像一柄双刃剑,一方面杀向重肉体快乐的煽情的性描写;另一方面

① 王小波:《黄金时代》,花城出版社 1997 年版,第 33 页。

也拒绝了重精神美感的艺术的性语言。他的性语言带有科学的客观、冷静，甚至是一种近似残酷的、切近而令观察对象纤毫必露的冷漠观察。因此，人们透过他的性话语来看性这件事时，与其说是透过一副桃色眼镜，不如说是透过一架显微镜。这种写法据我看是作者为性心态极为扭曲的人们特意配制的一付解毒剂。"[①]在中篇小说《黄金时代》里，王二与陈清扬以对情爱的真挚追求，体现着平凡小人物对那种摧残人性的粗糙的生存环境的反抗，王小波也通过性达到了对"文革"的深层理性反思。性爱成为王小波笔下人物张扬个性、展现叛逆性的一个生活空间。这是个人对一整个非理性时代的对抗，是个体在一个病态的年代里对自我健全人格的坚守，是不可遏制的生命激情对强权政治的蔑视。正因为如此，王小波笔下的王二有了一种特立独行的个性魅力，在他玩世不恭的言行背后渗透着人对自我生命价值的执着追求。

王小波是一位自由思想者，这表现在王小波对自由的人文精神的执着追求上，他捍卫着思想的自由，追求着由这自由带来的快乐。正如周国平所说的："在他心目中，世上只有一样东西具有自足的价值，那就是智慧。他所说的智慧，实际上是指一种从事自由思考并且享受其乐趣的能力，这就透露了他的理性立场背后蕴涵着的人文关切，他真正捍卫的是个人的精神自由。"[②]作为

---

① 李银河：《王小波笔下的性》，《不再沉默——人文学者论王小波》，光明日报出版社1998年版，第253,257页。
② 周国平：《自由的灵魂》，《浪漫骑士——记忆王小波》，中国青年出版社1997年版，第365页。

一位精神启蒙者,王小波对历史的、现实的非理性、反科学、伪道德的话语保持着高度的警惕。面对国学热中出现的中华文明将拯救世界的说法,王小波回顾了当年就有过的解放全世界千千万万劳苦大众于水深火热之中的"救世情结"(《救世情结与白日梦》);谈到作家创作与体验生活,他联想到了过去的忆苦思甜的荒谬做法(《体验生活》);谈到特异功能与生命科学,他想到了"大跃进"时期所搞的"超声波"之类的伪科学、假发明(《生命科学与骗术》)。王小波之所以有着如此充满智慧的思索,源于他对理性与科学精神立场的坚守,这也是他带给我们的最大启示。在《知识分子的不幸》一文中,王小波一方面指出"知识分子最怕活在不理智的年代";另一方面,他又谈到,这种不理智"总是起源于价值观或信仰的领域",而"中国的人文知识分子,有种以天下为己任的使命感;总觉得自己该搞出些给老百姓当信仰的东西"。"任何一种信仰、包括我的信仰在内,如果被滥用,都可以成为打人的棒子、迫害别人的工具。"①这种反思,真正体现出了一位知识分子的人文关怀立场与精神价值立场。

三

在 20 世纪 80 年代以来的知青文学中,还有另一种风格的叙

---

① 王小波:《知识分子的不幸》,《我的精神家园》,文化艺术出版社 1997 年版,第 13 页。

事走向。在这一类作品中，作者有意地回避对知青上山下乡运动的意识形态的解读，而是回到生命体悟与成长记忆中去追叙知青岁月的个体情怀，代表性的作品如王安忆的《69届初中生》以及池莉的《怀念声名狼藉的日子》。王安忆1954年生于南京，次年随母亲——著名作家茹志鹃迁至上海，1961年入淮海中路小学学习，1970年初中毕业后赴安徽省蚌埠市五河县农村插队，1972年考入江苏省徐州地区文工团工作，1978年回上海，任《儿童时代》编辑。1978年发表处女作短篇小说《平原上》，同年进上海市作家协会从事专业创作。主要著作有《雨，沙沙沙》《王安忆中短篇小说集》《流逝》《小鲍庄》《小城之恋》《锦绣谷之恋》《米妮》等小说集，及长篇小说《69届初中生》《黄河故道人》《流水三十章》《纪实和虚构》《长恨歌》《富萍》《上种红菱下种藕》《桃之夭夭》《遍地枭雄》《天香》等。

　　长篇小说《69届初中生》是一部典型的成长小说，作者以娓娓道来的笔调，舒缓而细致地叙述了一个上海小女孩从20世纪50至70年代的人生印痕。小说的主人公是一个名叫雯雯的上海69届初中生，她懵懵懂懂地经过了反右、"大跃进"、三年困难时期。20世纪60年代中期运动爆发时，她刚好小学毕业，升入了初中却没上过一天的课，便作为知青到农村去插队，之后又是20世纪70年代末的返城。"这是与上下几届毕业生全然不同的中学生，以前没有这样的中学生，以后也不会再有这样的中学生。可是以前和以后，也许是有着许多许多学生或非学生和这位69届初中生一样,永远和所处的环境别扭着,总是需做着细碎却费力的抵抗,总是错了节拍,不是晚了,就是早了,于是便永远达不到预定的目标……这命运的内涵,大约会出现在许多不同的经历之中。"①

王安忆笔下的这位69届初中生雯雯的知青生活,既没有梁晓声那样慷慨激昂、雄壮悲怆的人生展示,也没有老鬼《血色黄昏》中迷惘痛苦、孤独悲愤的嘶吼,而是将宏大的历史事件、轰轰烈烈的政治运动融入一个小女孩个体的成长记忆中加以展现,集体主义的话语被个人的情感触角取代。作者避开了与历史的正面冲撞,而是回到个体对生命状态细腻的感悟中,去呈现光阴流逝中点点滴滴的成长的印痕。轰轰烈烈的上山下乡运动在王安忆透过雯雯心理感触的叙写下,浸满的是个人伤感而懵懂的情怀。也许是年龄、性格的缘故,又也许是个人遭遇、经历的不同,王安忆笔下雯雯的知青人生显得波澜不兴,只有个人在时代洪流里怯怯的感知与生长,而没有了对置之死地的命运的追问与煎熬。王安忆以一种与主流话语所描述的历史刻意疏离的方式,呈现出了一个敏感、细腻、内向、矜持的女孩子于那个激越动荡年代的青春成长史,历史跌宕起伏、波诡云谲,雯雯却始终波澜不兴地专注于自己的岁月与成长,纷繁芜杂的历史风云淡淡地投影在人物生命岁月的成长河流中,这成为王安忆历史叙事中最为突出的特点。

---

① 王安忆:《69届初中生》,北岳文艺出版社2001年版,第2页。

王安忆的小说《69届初中生》发表于1984年第3期《收获》

在长篇小说《流水三十章》里，八年下乡插队的知青经历随着女主人公张达玲回到上海，很快便在记忆中变得稀薄了，"张达玲觉得，那八年的金刚嘴就好比是漫长而短促的一个夜晚，她昏昏沉沉地又辗转不安地一觉醒来，地球转了一周，又回到了原来的位置，一切好像都没有发生过。而她却是又疲劳又憔悴，她竟不知道她为什么这样的疲劳又憔悴，因她记不起究竟发生过什么了。每当她早晨走出家门，走过两条横马路，走进那条深长曲折的弄堂，走上吱吱嘎嘎的狭窄的楼梯，坐在长条桌前，绕着无穷无尽的线圈，然后又在薄暮里走出那深长曲折的弄堂，走过两条横马路，向自家那条嘈杂了许多、破败了许多的弄堂走去，她便恍惚起来，那八年甚至更多的岁月究竟到哪里去了，她捉不住它们，她触不到它们，她感觉不着它们。而当她难得地，匆忙地，草率地对了一面模糊不清的镜子的时候，她那苍老得与她年龄大大不符的形容却陡地唤醒了她,她陡地醒来,心里漠漠的,旷远得很,凄凉得很,渐渐地平静了下来。有时候,她想越过那八年,追溯一下八年以前的人和事,比如陈茂,再比如郭秀菊,这些名字在心里默念着就有些奇怪,好像是杜撰出来的,好像是一本不出名不流行的小说里的人物。那八年自己隐退了不说,还将以前那十几年的日月隔膜了,遮掩了。那八年,那金刚嘴,犹如一道断壁,将她的人生隔断了。"①从《69届初中生》,到《流水三十章》,再到《长恨歌》《桃之夭夭》,我们会发现,王安忆笔下的女主人公在时代的洪流里始终独处个人内心深处平静而淡然的天地里,作者将一种与时代的政治主流生活始终保有距离的个体人生书写了出来。

与王安忆笔下雯雯的内向、羞涩不同的是,池莉小说《怀念声名狼藉的日子》里的豆芽菜则是一个外向、活泼、调皮的十七岁的小姑娘,性格虽不同,但她们同样疏离于中心政治话语之外,专注于青春成长岁月中的情感与生命体验。两位作家不约而同地以这样的方式,消解了当代历史叙事中强烈的政治反思色彩,从而凸显了人性的光芒与青春生命的可贵。在小说《怀念声名狼藉的日子》里,池莉以一种欢娱的笔调,讲述了一个在农村插队的女孩子的青春成长史。在池莉这里,上山下乡成为绰号豆芽菜的女主人公摆脱父母管制获得自由的绝佳途径和机会,广阔的农村成为这个青春叛逆期青年理想的释放不羁天性的天地。主人公这样

---

① 王安忆:《流水三十章》,上海文艺出版社1990年版,第423—424页。

倾诉自己参加上山下乡知青动员大会的心情："今天,是我下放的日子! 是我获得解放的日子! 是我要隆重庆祝的日子!""今天是豆芽菜有生以来最重大的节日,……豆芽菜必须隆重庆祝,豆芽菜绝对不会取下发卡,豆芽菜要脱胎换骨,一扫先天愚型的邋遢形象,给所有人留下深刻印象。豆芽菜已经忍受了十七年了,今天一定要用自己的姿态,走上她独立生活的自由之路!"①20世纪70年代中期,知青上山下乡运动虽然还在持续不断地进行,但其颓势已显露无遗,预示着运动已近尾声,接受再教育的知青不论是从现实的管理机制上,还是从思想层面对中心政治话语的信赖程度上,都开始走向松弛。知青运动初始阶段战天斗地的激情已被各种各样个人命运前程的现实考虑所取代。正是在这样的背景下,刚刚年满十七岁的少女豆芽菜迅速地嗅出了其中隐含着的令人欣喜若狂的秘密。这便是假借革命的名义所获得的逃离学校与家庭束缚的千载难逢的机遇,这可以说是狂热年代给予成长中少年的一种恩惠。一旦发现了这个秘密,也便同时意味着个体与时代中心政治生活的疏离。对于豆芽菜而言,知青生活是欢乐而自在的,无拘无束、为所欲为,知青的身份、农村松散的劳作环境、同龄人的聚集、没有了家长的管制,这一切都使得上山下乡成为成长中的少年安放自己青春的理想沃土。"我想自由自在;我想飞翔;我想疯狂地奔跑;我想放声大笑;我想尽情痛哭;我想彻夜

---

① 池莉:《怀念声名狼藉的日子》,云南人民出版社2001年版,第296—297页。

不眠地玩耍;我想在无人的田野上敞开喉咙唱歌;我想穿考板裤;
我想留一头瀑布般的长发;我想成为绿林好汉,率领一帮知青好
友呼啸而来呼啸而去;我想人人都喜欢我;我想吸引最著名最引
人注目最有成就的男知青。"①少女豆芽菜正是带着这样的心情来
到了她所下放的黄龙驹公社。正是在这里,主人公豆芽菜经历了
一个少年最重要的人生成长;也是在这里,这个十七岁的少女收
获了自己美好的爱情。小说的核心情节正是围绕着活泼、调皮的
女知青豆芽菜的恋爱故事而展开的。学长关山是豆芽菜的第一
个恋爱对象,关山身上有着一个个耀眼的光环,红星公社党委副
书记、全国知青标兵等等,这都使得这位"老三届"的精英人物成
为少女豆芽菜最初无限崇拜也无限敬仰的对象,但当豆芽菜最终
看到了关山身上虚伪做作、道貌岸然、人性扭曲的一面,诱人的政
治光环下掩盖的是一颗猥琐卑劣的灵魂时,她毅然决然地放弃了
这段感情,最终将这份真挚的初恋献给了坦率真诚、成熟而有思
想的知青中的精神领袖小瓦。作品中豆芽菜的人生成长、情感启
蒙、爱情归属无疑都极具象征意味。豆芽菜对关山从无限崇拜到
怀疑困惑以至最后的鄙夷不屑,也可以说预示了在这场运动中无
数知青的心灵轨迹,而正是在这一思想转变的过程中,一代青年
人收获了自己的人生成长。

可以说,池莉的小说提供了观察与叙述知青岁月生活的另一

---

① 池莉:《怀念声名狼藉的日子》,云南人民出版社2001年版,第296页。

个视角,作者有意地将阶级斗争生活从青春成长的生命体验中剥离了出去,接受劳动人民的再教育成为青春期少年远离学校与家庭管束最好的挡箭牌与理由。在将阶级斗争年代的那套革命话语与理念悬置之后,池莉发现那段岁月中知青上山下乡的人生经历堪称最为美妙的自在时光,小说《怀念声名狼藉的日子》正是从这一角度切入,展示着色彩斑斓的无瑕青春。池莉并不是无视动荡岁月给一代知青带来的伤害,而是刻意避开了以往知青文学叙事中沉痛悲怆的历史批判意识,转向了对个体生命成长体验的专注与书写。

第六章　小镇焦虑:80年代北方乡镇青年的出路与困境

　　路遥《平凡的世界》中的孙少平以及《人生》中的高加林,贾樟柯影片《小武》中的小武和《任逍遥》中的小季和斌斌,韩杰执导的影片《Hello! 树先生》中王宝强所扮演的农村青年树,他们都是20世纪80年代生活在北方乡村和小镇的青年,而这些作品所关注和表现的,正是这样的一些青年的出路与困境问题。

一

　　《平凡的世界》中的主人公孙少平是一个积极进取、敢于拼搏的青年。他生在农村,学习相当艰苦,忍饥挨冻,始终不放弃,反而更加勤奋。小说讲述了他求学、成长、奋斗、成熟的经历。孙少平的一生体现了平凡人生的辉煌意义,他从一名高中毕业生成长为一名煤矿工人,其间经历了波澜壮阔的人生历程。贯穿他的故事的主线就是奋斗不息、坚忍不拔,无论面对何种挫折他都能平静接受,对生活充满了希望。孙少平出身于陕北的一个贫苦的农民家庭,他背着沉重的家庭负担到县城念高中,由于家境贫困,缺衣少食的孙少平忍受着屈辱完成了学业。中学毕业后，孙少平不甘就此回乡当一个农民，他来到异地的煤矿当矿工。他的奋斗和努力也得到了同学田晓霞的认可和赞赏，两个人萌生了美好的感情。工作、感情生活不断地锻造着他，最后凭自己努力成为矿工组长。但这时田晓霞在抗洪采访中为抢救灾民光荣献身。孙少平自己也在一次事故中为救护徒弟受了重伤；但他并没有被不幸压垮，孙少平从医院出来，又充满信心地回到了矿山，完成了平凡向伟大的蜕变。孙少平的身上充满着个人奋斗的色彩，他身上不向命运屈服的抗争精神激励着无数的阅读者。正如有论者所言："这种个人奋斗的'个人主义'话语，其实正是全球化时代的意识形态所亟须的。就全球化的意义而言，这种'个人主义'话语的意义在于，它'生产'出了一个个不安于乡村现状的农业'劳动者'个体，它使得中国数以万计的青年劳动者摆脱了土地的束缚，纷纷来到现代大都市，这显然为全球化的社会分工提供或创造了最大量的'劳动力'。虽然这种个体有其独立的自我意识，但是这种独立的自我意识也只是在全球化时代社会分工的意义上才能显示出其价值——即作为有一定文化的自由地等待被雇佣的劳动者这一意义上来。从这个角度看，《平凡的世界》虽然标志着个人奋斗式的'个人主义'的诞生，但却不期然地成为全球化时代之意识形态实践的一部分。"①

---

① 徐勇：《潮流之外与牢笼之中——"个人主义"话语、《平凡的世界》与"后文革"一代青年的成长史》，《海南师范大学学报》2012年第4期。

就社会地位而言,孙少平无疑处在社会的最底层,几乎没有任何的财产,他品尝着当今时代的人很少体会到的贫穷与艰辛。与此同时,孙少平充满正义感、尊严、爱心、善良和对生活的热情,他完全靠自己的双手在改变着自己的处境和命运。他没有因为社会的不公就一味地抱怨或自暴自弃,他为自己每一点的收获和进步而激动不已。孙少平的身上充满着一种理想主义的精神,孙少平这一形象也有着太多的理想主义色彩。正是这种理想主义的光芒感染着每一个读者,他的坚毅与奋斗的姿态使每一个面对他的人会反思自己的人生状态。

可以说,成长叙事尤其是对孙少平式的历经磨难依然向前奋进的成长故事的叙述,是小说《平凡的世界》打动读者的关键所在;但也有评论者指出,正是因为成长叙事的过分强化,反而削弱了作品可能达到的深度。"《平凡的世界》的缺陷,形成原因众多。但在我看来,成长叙事一味地扩张超过了底层叙事可承受的限度,造成真实性大面积流失是问题最大的根源。知识分子意识的洪流高出了底层叙事构筑的河床,到处充斥着作者扩张的情绪和想象,污浊和喧哗中,作品前半部分坚实舒展的底层叙事被冲刷得支离破碎,遍体鳞伤。作者'不丧失普通劳动者的感觉'的创作理念,在这里一点都看不到了。从某种意义上说,路遥并不理解自己的创作理念,也不关心笔下的人物,他有的是激情,更关心自己。不然他应当注意到文本叙事的裂隙,并让人物自己说话,但他没这样做,他粗暴地收回了所有权利。这是否意味着结尾再没

有其他的可能呢？ 如果成长对他而言是一个美丽的诱惑,经常鼓
动他到一个自己极其陌生的、极不善于表现的空间去冒险,那么
无论如何都绕不开不合情理的收尾。"[1]

二

　　不同于《平凡的世界》中的孙少平那种极具励志意味的人生
奋斗历程的叙述,影片《任逍遥》《立春》《Hello! 树先生》则是对20
世纪80年代北方城镇青年走投无路的人生困境进行了深刻的表
现。 可以看到,这三部影片均以20世纪80年代北方的城镇为背
景而展开叙事,影片对20世纪80年代北方城镇以及置身其中的
北方城镇青年的那种特有的生活景况、精神状貌进行了细致而深
入的勾勒和展现。 20世纪80年代已是改革大潮涌动不已的时
代,由乡而城都在发生着深刻的变化,不断涌现出的新生事物与
现象刺激着每一个人,更让那个年代的青年变得躁动不安。 与此
同时,置身其中的北方城镇却似乎与这样的时代氛围有些脱节,
陈旧不堪的城镇面貌、落后的交通条件、缺乏活力的市场环境都
使得被搅乱了的人心显得有些无处安放,于是也便造就了20世纪
80年代北方城镇中所弥漫着的那种特有的精神风貌。

　　20世纪80年代的北方城镇是一个杂乱而不知所措的存在,

---

① 张旭东:《成长的诱惑与写作的溃败———论〈平凡的世界〉的叙事裂隙及其后
果》,《当代小说》2009年第6期。

混杂、沉闷、似是而非装裱着城镇的所有空间。对外面世界的无限向往与不屑一顾混装在一起,西装、领带与胶鞋、军帽混装在一起,根深蒂固的乡土观念及其生活方式与城镇居民身份及其相应的工作岗位混装在一起,对自由恋爱的渴望与不正经的男女关系混装在一起,城市化的建筑外壳与乡村化的生活习性混装在一起。20世纪80年代以广州、温州等为代表的南方城市已呈现出相当的市场经济活力,而北方的城镇则相对沉闷而滞后。

20世纪80年代北方小镇街景

《站台》《小武》《任逍遥》是贾樟柯的故乡三部曲,影片均以贾樟柯的家乡山西汾阳为取景地,三部影片在色调、声音、场景等方面都符号化地呈现和记录着20世纪80年代北方城镇的景象。可以说贾樟柯在这三部影片中对20世纪80年代北方城镇青年的那种杂乱不安而又无所事事的生活状态捕捉得非常精准,也正是在这种视角下,把彼时北方城镇青年的精神状貌勾勒了出来。

影片《站台》讲述的是一个关于时代变迁的故事,写出了随着时间的流逝,在整个20世纪80年代的时代进程中,一个城镇文工团的青年对外面世界的幻想，以及在时间的流逝中，人生的幻灭感和无力感。对于整个中国社会而言，这十年是日新月异的十年，但对于生活在北方小镇上的"崔明亮们"而言，则又如同一个旁观者，时代大潮带给他们的只有晃动，只有不安分，却无实质性的改变；而这一切又都是20世纪80年代北方城镇那种格局与处境所注定的。《小武》中的主人公小武以小偷小摸为生，穿着不合身的衣服，游手好闲又一副满不在乎的神情，成功是属于别人的，友情、爱情与亲情也离他十分遥远，那种满不在乎成了掩饰自己脆弱的自尊的唯一方式，而掩饰不住的是注定被时代淘汰的人生处境。而在影片《任逍遥》中，贾樟柯则将这种北方城镇青年的混世状态展现得更为彻底。影片中的主人公斌斌和小季同是失业工人家庭的孩子，失业失学，无所事事，外面世界的喧嚣、青年人的躁动不安以及一无所有的处境形成强烈的反差与对比，没有未来的青春也无法去守护和赢得自己的爱情，分手或漂泊也便成为一个注定的结果。影片突出描写了斌斌、小季这样的小镇青年的日暮穷途，他们日常的所有行为都是无意义的消磨与四处游荡，空洞的眼神、冷漠的表情、无聊的游荡，一切都显得颓废而无望。即使是最后的那场铤而走险的银行抢劫，也都成为一种似是而非、无聊乏味的行为。

也许正是那种外在的尘土飞扬与内在的死水一潭相交织的城镇氛围，注定了20世纪80年代北方城镇青年以混世这种存在方式，来安置那无法安放的青春。他们没有正式的工作，常处于

贾樟柯的电影《站台》和《任逍遥》

失业或无业的状态；他们大都厌学或干脆失学，不受邻里和家人的待见；他们欺负别人也被别人欺负，常常游走在法律的边缘。贾樟柯的影片《小武》和《任逍遥》表现的正是这样的一种小镇青年的精神状态。

影片《Hello！树先生》呈现的同样是20世纪80年代北方城镇底层青年无法把握生活的无力感与无奈感。树在影片中那双无处放置的手，一如他无处安放的人生与青春。树出身于一个普通的农村家庭，家庭的变故给树的内心留下了沉重的阴影。他想要挑起失去父兄后的家庭的重担，但无依无靠的乡村青年身份，没有学历，没有人际，赖以糊口的汽车维修的工作也因一次意外的事故而丢失，树注定成了一个生活的失败者。与哑女小梅的相遇、相识,燃起了他对生活的一点期待,但这所有的期待又在那场还没开始便已毁灭的婚礼上被击得粉碎。树最后只能在精神分裂中与那个不甘成为生活失败者的人相遇。

再看顾长卫的电影《立春》,呈现的是20世纪80年代北方城镇中的文艺青年与环境的格格不入。热爱歌剧的县城音乐老师王彩玲,喜爱普希金诗歌的县城工人周瑜,喜爱芭蕾舞的县城群艺馆的胡金泉,喜欢画西洋油画的县城青年黄四宝。对于20世纪80年代的北方城镇而言,文艺是一种很古怪的存在。小镇上那些追求文艺的青年,常常与环境相冲突,显得不合时宜,成为周边人眼中的"怪人"。音乐人、画家、诗人,在北方的小镇上显得很奇怪。北方小镇上的音乐,应该是二人转、信天游、爬山调和唢呐、锣鼓;舞蹈应该是扭秧歌、舞龙狮;绘画应该是画匠之类的工作,画的是年画、壁画,或关云长、灶王爷、王母娘娘、二郎神的画像;诗歌应该是那种顺口溜,段子式的。从文化特征来说,城市的属性应该是现代的,但20世纪80年代北方的城镇处处充斥着一种伪现代的气息。与真正的都市不同,20世纪80年代北方的城镇总是处在一种似是而非的状态,在这里更多的是乡村文化与城市文化的混装,人们过着一种虚假的城市生活,这种虚假不仅体现在物质消费的层面上,在精神生活的层面上同样充满着一种虚假性,比如尘土飞扬的马路边的台球案以及卡拉OK,营造着小镇上青年们的娱乐生活。由此也让我们真切地看到了20世纪80年代北方城镇文化的空洞与粗糙。

顾长卫的电影《立春》及北方城镇街景

在这样的文化环境中,西洋歌剧、普希金诗歌、芭蕾舞、油画注定成为一种很古怪的存在;而对这种古怪艺术的热爱也一并成为一种古怪的存在,注定会陷入与周遭环境巨大的冲突中,而离开也便成为深陷冲突的人们的一种最大期盼。正如影片所述,到北京去成为王彩玲的一种执念,她逢人便说:"我要去北京了,中央歌剧院正在调我。"在她心目中,自己并不属于眼下生活的这个城市,自己注定是要离开的,于是也便与这个城市充满着隔膜,而严格的户籍管理制度,调动无门的现实,又使她注定只能生活在这个与自己格格不入的城镇中。而这也正是20世纪80年代北方小城镇中文艺青年的生存困境与精神困境。

第七章 "80以后":代际差异以及关于"成长"的叙述

"80后"的写作可以定义为青春写作或成长写作,他们是与成长叙事关系最为密切的一个写作群体。从某种意义上可以说,成长叙事是"80后"作家群最为重要的写作资源。"80后"对成长的关注,一方面缘于他们创作起步阶段多为成长中的青少年,青春期的敏感以及成长的烦恼成为他们最为深刻的体验,因此以自我为支点来讲述个体的成长轨迹也就显得极其自然;另一方面,"80后"文学创作中对自身成长体验的注重,也来源于"80后"这一年龄群体的代际特性与成长环境。"80后"青年写作是一代人的写作,一代人的叙述经验穿越在市场经济的文化情境中,个人化的经验书写又极度依赖市场化的文化与消费模式。这种现状是当下中国青年亚文化的一个本质特征,这也是他们和以往文学(包括青春文学)最大的区别。青春文学写作是以校园生活为主要题材,以青少年男女为主要人物,叙述青少年的情感纠葛,同时又侧重于对成人世界的窥视、探究和叛逆。毋庸置疑,青春写作的经验世界是狭小的,情感的空间也细小而逼仄,但这就是一代人生存的真实。面对着巨大的物质主义和功利主义,一代人的叙述和经验在一个貌似丰裕实则贫乏的时空中孑然独行。"80后"青年写作反映出了这个时代某一维度的真实。①

一

"80后"的出场缘于《萌芽》杂志在1999年举办的首届"新概念作文大赛"。在这一次大赛中,18岁的韩寒成为大赛一等奖得主,并于第二年由作家出版社出版了他的长篇小说《三重门》。这部作品所产生的轰动效应,一定程度上使"80后"开始为文坛所关注。"新概念作文大赛"使得郭敬明、张悦然、周嘉宁、蒋峰、小饭等青年作者成为一个备受关注的写作群体。"80后"作为新一代写作群体的称谓形成于2003年至2004年。2003年1月《芙蓉》杂志推出"我们,80年代出生"专栏;同年,天涯社区发表《总结:关于80后》,并推出文学专栏"生于80";2004年2月2日,北京少女作家春树的照片上了《时代》周刊亚洲版的封面,成为第一个登上美国《时代》周刊封面的中国作家。同时,这期杂志把春树与另一个20世纪80年代出生的作家韩寒称作中国"80后"的代表。这一明确的命名与定位,引起人们对20世纪80年代出生的一代文学写手以及他们的写作行为与作品的关注。2004年7月,上海作协召开"80后青年文学创作研讨会"。"80后"创作首次进入了文学界的研

① 郭艳:《像鸟儿一样轻,而不是羽毛:80后青年写作与代际考察》,文化艺术出版社2012年版,第157页。

究视野。此后,中国当代文学研究会与北京语言文化大学于2004年11月联合主办了"走近80后"研讨会;2004—2005年,《南方文坛》《文艺理论与批评》等期刊也集中推出了有关"80后"创作的研究文章。2007年,张悦然、郭敬明、蒋峰、李傻傻、李姗、蒋萌、赵靓、阿娜尔古丽、王虹虹等加入中国作协,这也标志着"80后"新人被主流文坛正式接纳。

《萌芽》刊登《"新概念作文大赛"征文启事》

"80后"作家从命名上来看,延续了20世纪八九十年代学界有关"60后""70后""新生代"等作家群体的称谓方式,即以出生年代来对作家群落进行划分。但细究起来,"80后"作家群却有着不同于前代作家的新意。"80后"作家的迅速崛起与蹿红包含着很大的商业化成分。可以看到,20世纪90年代以来,传统的纯文学市场逐渐处于一种萎缩的状态,不论是文学期刊还是出版社都处在一种苦苦挣扎的状态,而"80后"的脱颖而出以及其所带来的庞大读者群无疑蕴含着巨大的商机。在市场经济大潮的推动下,"80

后"的写作迅速与期刊以及商业出版结盟,这也成为"80 后"声势迅起的一个重要因素。2000 年作家出版社出版韩寒的长篇小说《三重门》,首印 10 万册,三天即销售一空,后累计发行达 200 万册,创造了当代长篇小说发行的一个奇迹。2003 年春风文艺出版社推出郭敬明的小说《幻城》,该书以 110 万的销售量攀上了当年畅销书榜的榜首。2004 年郭敬明以 160 万的身价登上了《福布斯》名人榜。2006 年 8 月,郭敬明成立上海柯艾文化传播有限公司,并担任公司董事长。在 2007 年的作家富豪榜中,郭敬明以 1110 万元的版税收入取代第一任作家首富余秋雨登顶。2008 年郭敬明又以 1300 万元的版税收入蝉联中国作家富豪榜冠军宝座。2009 年 1 月 4 日,长江出版集团正式特聘郭敬明为长江出版集团北京图书中心副总编辑,全面主抓青春类图书及杂志体系的建设。由此,郭敬明也成为"80 后"青年作家中担任出版社社级领导职务的第一人。由此看来,"80 后"的崛起无疑有着浓厚的商业化色彩,从中也可以看出,在 21 世纪以来文学的产业化进程中,"80 后"是其中最具活力的一支生力军。

从书写内容来看,"80 后"作家大多以书写同龄人的成长体验为主,表现青年一代成长过程中的感伤、骚动与反叛。李傻傻的代表作长篇小说《红 X》中讲述了被学校除名的沈生铁以学生的身份悄无声息地在城市里游走的故事,重点展现了这个少年在躁动和迷茫的情绪中,在纷乱和无常的人世间所获得的青春体验。张悦然的长篇处女作《樱桃之远》则讲述了两个息息相关的女孩从小到大，由敌为友，面对友谊、爱情、生存和死亡的心路历程，强调了人与人之间的爱，人与自然万物的和谐。而春树的作品《北京娃娃》则被称为中国第一本反映残酷青春的小说。从叙述方式来看，"80后"作家的创作带有浓厚的自我色彩，在他们的作品中无论是以第一人称或是第三人称的叙述，都带有强烈的主观心理色彩。在他们的笔下，没有所谓的客观现实，无论人或物都带有主观自我的烙印。这与他们张扬自我、表现个性的心态是一致的。以主观取代客观成为"80后"作家的一个重要特征。可以说，"80后"作家是与中国20世纪文学的断裂，他们不再去描写外在世界如何，而是以自我为世界的中心，他们笔下的世界具有后工业社会消费时代的明显特征——浓郁的都市情结和小资格调，而"80后"作家几乎可以说是天生的中产阶级和小资，他们思考的问题与体验人生和世界的方式，带有更多的自我感受，外在现实是什么样子的本身并不重要，重要的是他们对此的感受，他们不是去反映外部的现实状态，而是表现内心对外在世界的感受。"80后"作品除了展示青春的各种纯真浪漫，更是敏锐地表现了青春成长中的各种问题，如韩寒的《三重门》写出了主人公孤独、伤感、反叛的成长体验。正如有学者指出的："21世纪以来，中国社会进入现代民族国家更为深层次的转型期，随着社会重心转向经济生活，个人化的行为方式逐渐获得了更多的社会认可，个体的生活方式有着更多的内在性和私密性。'80后'青春文学正是在这样一个拐点出现，一批作者和众多文本集中表达了青春期的叛逆、个性自我与孤独,集中放大了青春叙事与前辈青春经验表达的异质性。于是青春之维逐渐和时代政治、文化主流甚至与社会群体影像产生了疏离,从而更进一步还原到个体、生命与内心镜像的维度。这种远离带着新文化语境中的质变因子,给当下的文学叙事带来有别于群体性青春叙事的个人化色彩,青春叙事实现从群体镜像塑形向个体精神困境表白的转变。"[1]

可以说,"80后"的写作从其一出场便带有不同于前代作家的气质,也正是这种独特的气质赋予他们的写作以一种另类色彩。在表现青春成长体验的过程中,他们更热衷于表达出一种不同于传统的具有颠覆性的个性化认知。"'80后'文本中的'自我'们也呈现出现代性自身的重重矛盾与病症,传统的权威、规范、信仰甚至于理性都不再具有至高无上的合法性,在质疑和解构传统的同时,自我的经验成了唯一理解当下的源泉。当经验成为自我意识的巨大源泉,权威必然丧失,于是个人开始寻求一代人的认同。在这种情况下,一代代人的崛起。新崛起的一代人会寻找自己的同代人,作为同一代人的感觉,实际上是现代人无法定位自身身份的一种体现,是现代身份的突出焦点。"[2]这种充满反叛色彩的文学表达正是"80后"一代成长的真实体验,在历经20世纪90年代以来市场经济大潮的冲击以及人文精神的失范之后,"80后"一

---

① 郭艳:《像鸟儿一样轻,而不是羽毛:80后青年写作与代际考察》,文化艺术出版社2012年版,第113页。

② 郭艳:《像鸟儿一样轻,而不是羽毛:80后青年写作与代际考察》,文化艺术出版社2012年版,第45页。

代面临的是一个精神无所依傍的价值真空时代,他们只能以自己的体悟来重新诠释对这个生存世界的认知。而这其中,传统的价值体系无疑成为他们重新确立这种认知的一个最重要的批判坐标。

"80后"的作品给21世纪文学带来了崭新的面貌,同时也产生了强有力的冲击力。随着"80后"文学的强势崛起,文学的商业化写作与运作已成为一种无法回避的存在现象。当然这种商业化运作的背后也不乏另一种文学的危机。"'80后'现象的凸现,一个重要原因就来自出版界对文学的商业化、市场化运作。这几年,出版界风行'策划出版',任何存有商机的图书都在被策划之列,文学更难逃厄运。青春写手被策划,专业作家也被策划;平庸之作被策划,经典之作也被策划。作品一经'策划',文学性就要服从于商业性,有时还会为其商业性而牺牲文学性。"[①]"80后"作家热衷于青春写作,这其中一方面与其相应的生活体验有关,另一方面也是庞大的青少年读者群以及市场包装所产生的结果。在市场运作的大肆渲染下,这些初现文坛的年轻一代被附着上了"实力派""偶像派""金童玉女"等名号,韩寒、郭敬明、张悦然等一个个青年作家的走红,已更多地具有了一种青春偶像的意味,他们所带来的热点与关注,早已远远地超越了文学本身。在更多的青少年心目中,这些文学新人犹如当红的影星、歌星一般,共同成

---

① 高楠、王纯菲:《中国文学跨世纪发展研究》,人民文学出版社2008年版,第48页。

为当下这个大众文化崛起时代的消费符号。

"新概念作文大赛"倡议书及首届"新概念作文大赛"一等奖名单

"80后"作家方兴未艾,"90后"作家却已粉墨登场。2007年9月,中国经济网公布了中国"90后"十大少年作家排名,让人们领略了这股文坛新势力。这次评比活动选出的"90后"作家有:吴子尤,代表作《谁的青春比我狂》;张悉妮,代表作《假如我是海伦》;青夏,著有《繁花泣露》,因早熟的心志和飞扬的文采被冠以"女版韩寒"之名,她应该是中国第一个出道的"90后"女作家,成为京派"90后"作家的代表;阳阳,代表作长篇小说《时光魔琴》,因此小说获得520万元的稿费而奠定了他在"90后"不可动摇的地位;浅痕,代表作长篇小说《莲灯》,被媒体称为"90后"文字第一精灵;顾文艳,中国少年作家协会会员,曾经获得第四届、第五届、第六届"中国少年作家杯"全国征文大赛一等奖,作品收录于各种文集,出版了散文集;陈励子,代表作《月亮船》,曾经获得冰心儿童文学奖;弘志,代表作《浪漫七月花》;杨七诗,代表作《我们的,他们的

爱》，此书有许多明星作序和推荐，引来众多非议；高璨，代表作
《阳光的脚步很轻》。与"80后"文学密切关联的现象便是网络文
学在同一时期的迅速兴起，两者互为表里，网络是"80后"文学彰
显自我的重要平台，同时"80后"以及"90后"成为网络文学最为重
要的创作者与消费者。"'80后'文学在完成终结'意识形态写作'
历史过程的同时，体现了另一个文学史意义：彰显了一种'非主
流'文化趣味，这一趣味与'80后'文学的青年亚文化特征紧密相
关。以网络为首的新媒体为'80后'青年群体寻找和建构自己的
身份提供了一个既虚拟又现实、既模糊又安全的平台，不但培养
了新一代的消费方式，也养成了他们的文化趣味和审美习惯。各
种不同类型的网络青年亚文化迅速繁殖和发展，最为典型的有恶
搞文化、山寨文化、迷文化、情色文化等，它们表达出一种与主流
文化迥然不同的非主流文化趋向。"[1]网络文学是伴随着国际互联
网的发展以及网络不断向民众生活蔓延、渗透而出现的一种新型
的文学现象。互联网被称作继报纸、广播、电视之后的"第四媒
体"，亦称"E媒体"（electric media）或"数字化媒体"（digital
media），它是网络文学得以产生和存在的载体。可以说，网络文
学是网络与文学活动的联姻。与传统文学创作相比，网络文学在
写作方式、传播途径、阅读交流、批评阐释等方面都显示出一种网
络化存在的现象，并且也以此形成自身的特质与风格。从广义来

---

[1] 颜敏：《成长体验与青春写作——"80后"笔谈编后》，《创作评谭》2004年第10期。

看,网络文学可以泛指进入网络平台、在互联网上存在的所有文学作品。从狭义来说,网络文学则专指发布于互联网上的原创文学。美国南加利福尼亚大学安妮伯格中心的尼娜·韦克福德(Nina Wakeford)认为,网络文本具有六个方面的特征:"其一,由于链接的出现,这种文本完全是'互联文本';其二,它没有多数的常规文本所具有的'线性'特点;其三,读者变成了作者,因为他可以积极地选取点击哪个链接;其四,网络文本是多媒体文本;其五,它可以在全球范围内传播,虽然这会受到语言和接入障碍的影响;其六,由于网络上文本、文件和文件名的瞬间性或非持久性,网络本身也显露出这些特点。"①

全球性的中文网络文学兴起于20世纪末,早期的网络文学是由留学北美的华人推出的。1991年4月5日,全球第一家中文电子周刊《华夏周刊》创刊;1994年,方舟子等人创办了第一份中文网络文学刊物《新语丝》;1995年,"橄榄树"文学网站在海外成立,它被称为中文网络文学的先行者;1997年,对国内网络文学产生巨大影响的中文原创文学网站"榕树下"在上海成立。此后,中文文学网站逐渐兴盛起来,进入21世纪以来,网络文学更是迅速发展,文学网站也是日益增多,一大批"80后"文学新锐如安妮宝贝、宁财神、春树、李寻欢、韩寒、郭敬明等从网络上先后脱颖而出,成为文学市场中的耀眼明星。从创作历程来看,1998年台湾作家蔡

---

① [英]戴维·冈特利特主编,彭兰等译:《网络研究:数字化时代媒介研究的重新定向》,新华出版社2004年版,第56页。

智恒的小说《第一次亲密接触》在网上连载，由此引发了中国大陆网络文学创作的热潮。20世纪90年代后期，"榕树下"和"网易"打出"网络作家"的旗号，邢育森、宁财神、俞白眉、李寻欢、安妮宝贝等成为网络文学界的"五匹黑马"。2000年今何在的《悟空传》和2001年由人民文学出版社推出的网络原创作品《风中玫瑰》再一次使网络文学升温。继之而后，慕容雪村的《成都，今夜请将我遗忘》和《天堂向左，深圳向右》、江南的《此间的少年》、何员外的《毕业那天我们一起失恋》、上官谷二的《深圳今夜激情澎湃》以及江村的《成都，爱情只有八个月》等作品掀起了网络文学表现都市欲望人生的热潮。2003年围绕木子美的《遗情书》展开的论争，可以说是在这一写作方向引发的一场具有标志性意义的网络事件。2004年"悬疑小说"开始占领上风，2005年以《诛仙》为代表的玄幻小说成为主角，2006年以天下霸唱的《鬼吹灯》为代表拉开了恐怖灵异小说的序幕，2008年何马的《藏地密码》又以其将藏传佛教、藏獒、西藏传说、民间传诵的隐秘历史、史诗和藏地奇景等完美聚合，以及独特的文学性表现而成为新的关注热点。

无疑，网络即是"80后"崭露头角的平台，同时也奠定了"80后"文学商业化特点。中国庞大的网络用户为"80后"文学的传播与影响提供了坚实的基础，也使得"80后"文学具有了巨大的商机，可以说网络文学在推动文学产业化的发展方向上起到了至关重要的作用。庞大的读者群、潜在的消费市场使得国内的出版社纷纷盯上了网上高点击率的文学作品，从原创小说到名人博客都成为出版行业角逐的对象。21世纪以来,如《成都,今夜请将我遗忘》《鬼吹灯》《藏地密码》等作品都相继登上了年度销售书的榜首,这不仅给出版行业带来了巨大的经济效益,同时也使作者一夜成名、名利双收,这反过来也更进一步刺激着网络文学创作队伍的活跃与壮大。可以说,网络特有的写作、阅读与传播方式,使得"80后"文学具有了以往传统文学难以匹敌的优越性,在商业利益的驱动下,它在与传统出版业的结合中产生了巨大的产业效应,同时也打造出了新的文学时代的新的品性。网络文学呈现出的日益强盛的影响,也不由得引起学界的强烈关注。21世纪以来,国内的一些高校以及相关科研机构纷纷成立专门的组织开展对网络文学的研究。2006年6月26日,全国首家地区性网络文学委员会在武汉成立,委员会由武汉市作家协会和武汉工业学院工商学院网络文学研究所组成,该委员会依托《芳草》杂志社网络文学创作基地展开创作实践及"网络文学"理论研究。同一年,中国当代文学研究会成立了"新媒体文学"专业委员会,主要是联合一些文学网站和网络文学从业者,对包括网络文学、手机文学在内的新兴文学形式与现象开展专题性研究。

网络推动下的"80后"文学的兴起,使得传统的作家队伍的成分发生了很大的变化。从传统意义上来说,作家是指以从事文学创作活动为主的写作者,一部作品的面世需要经过编辑的审校、刊登或出版才能完成,而网络作为一个大众的、公共的写作平台,使得每一个能够接触到网络的公民都具有了写作与发表的权力,这便意味着传统意义上的作家内涵不复存在，文学创作的平民化、全民化成为网络时代文学园地的新景观。另外，从写作方式来看，网络文学呈现出的是一种在线式、即时性、互动式的写作过程。传统的文学创作可以说是一个单一的、封闭的过程，因为读者常常看到的是写作者最后完成的成果。而网络写作则常常是一种时时在线式的写作，而且在这一创作的过程中，读者也可以随时地参与进来，通过回帖的方式，影响着创作者的叙述方向。这种在线式、互动式的写作方式，使文学创作具有了一种新的大众文化的特征。网络文学作品还具有超文本的特征，基于网络链接技术的支持，网络文学作品作为一个开放的文本，使得阅读及相关的查询可以向任意方向延伸。传统的阅读常常是一种孤立的文本阅读过程，一本书或一本杂志提供的信息就是印刷于其上的所有内容，而电子化的网络文学作品则具有一种非线性的特点，使得文本成为一个完全敞开的空间，其阅读指向可以随着所提供的链接进行多方位的延伸与展开。此外，网络文学还具有多媒体文本的特征，在一个网络文本中可以同时存在文字、声音、动画、图片、视频等成分，这使得网络文学作品具有审美多样化的特征，同时使得阅读成为一种全方位的审美体验过程。网络文学的出现的确在很多方面变革着文学写作的传统，同时在文学生产机制、传播流通方式和文学批评的展开等方面也呈现出自己的新质。另外，我们也应当看到网络文学带来的种种问题。"无深度、平面化、追求阅读快感和阅读刺激是网络文学的主要特征之一。

网络写作的多种风格和多元结构,以及追求个人价值感的认同,是一把双刃剑,它在创建个体精神的同时,容易忽略对受众的心理关怀。因此,很容易会因为追求娱乐性而导致创作责任的缺失,构成对网络文学发展的制约。总体上看,网络文学写手主要由都市青年组成,与传统作家相比,他们的作品时尚、浅显,内容平面化,缺乏关注人类命运的意识,在艺术上和思想深度上还远未成熟,缺少深邃的社会意义、人生感悟和深层的文化积淀。缺少责任与理性,是网络文学的致命硬伤。"[①]的确,从题材类型来看,"80后"网络文学作家相继热衷于青春写作、恐怖灵异文学、奇幻鬼怪文学等题材类型的创作,这在一定程度上将文学创作推向游戏化、大众化、娱乐化的境地,文学生产的消费性、商业性增强了,但现代以来文艺作品所承载的人文价值内涵却被削弱了。如何在网络时代重树文学的人文精神大旗,成为值得思考的一个问题。

二

与中华人民共和国成立后的前面几代人相比,"80后"代际身份无疑更具独特性。首先,"80后"可以说是改革开放的一代。因为"80后"是在改革开放的大时代背景下出生、成长的一代,所以

---

① 白烨主编:《中国文情报告(2006—2007)》,社会科学文献出版社2007年版,第124—125页。

"80后"成长在一个国家政策以及意识形态处于连续状态的环境下，没有信仰断裂、价值观重树的经历，从而使得"80后"对自身所处时代的历史叙事拥有一种连贯性。其次，"80后"成长在中国从计划经济时代转向市场经济时代的发展过程中，市场经济的多元化、民营经济的迅速发展，使得"80后"更具市场经济时代的个体意识与个性追求。同时，这个时期也是中国城市化大发展的时代。商品经济大潮的涌动，使得中国从一个传统的农业大国向工业以及后工业时代迈进，"80后"生活在一个充满后工业消费时代特征的环境下，他们不再有父辈们那样浓厚的乡土气息与乡土情怀，他们更多地受到城市商业文化的洗礼。因此，在"80后"的写作中呈现出一种十分纯粹的都市生活的描写。纵观百年来中国新文学的发展，乡土叙事一直是文学创作中的主流，绝大多数的作家有着浓厚的乡土情结，而中国社会自身浓郁的乡土气质以及乡村社会结构，都使得聚焦乡土的文学占据了绝对的比例。而"80后"可以说是真正开始远离乡土的一代，经过两代及以上的人逐渐与乡土的割裂。到"80后"这一代，乡土成为一个遥远的概念，他们深受城市文化的浸染，甚至可以说是与生俱来，因此都市生活以及都市情怀的书写和表达在他们的作品中便成为一种最为普遍的情景存在。正如颜敏所言："'80后'文学是'80后'文化的主要形态之一，它属于青春文化、青年亚文化，处于非主流文化与边缘另类文化之间。它是全球化、网络化、民主化、市场化背景下的文化，是成长中的文化。作为一种文化形态——'80后'文学继'先锋小说'与'70年代人写作'之后,彻底完成了'去意识形态化'的文学过程,并以青春文学与网络写作两种形式蓬勃生长,形成与主流文坛某种对峙与挑战的态势。对原有意识形态化的消解贯穿于其成长的全部过程,而这一消解过程又可以从以下四个方面得以体现——精英与草根的对峙与交流;主流与非主流的冲突与融合;边缘与另类的张扬与生长;印刷文化与视觉文化的抵触与妥协。可以看出,与青年亚文化、网络密切相关的'80后'文学,正是在上述对峙、挑战、冲突的过程中蔚为大观,开始了一个属于21世纪的文学新时代。"①"80后"是"文革"后成长起来的一代。在中国的当代发展史上,"文革"是一个标志性的历史存在,同时也是一个影响深刻的精神事件,对于中华人民共和国成立后的"40后""50后""60后"的作家而言,"文革"是个绕不开的话题,他们在创作中对"文革"的叙述犹如一种宿命,因为这一事件与他们自身的成长密不可分,如贾平凹、路遥、刘震云、余华、王朔、王小波、苏童、陈村、阎连科等等。对于"80后"作家,"文革"是一个属于父辈们的话题,与自己无关,他们不需要去面对那段历史。正因为如此,"80后"的文学写作中体现出一种全新的文化意识与文学趣味,在"80后"的文学书写中,"文革"趋于消失,当代历史的叙事开始中断。"80后"讲述更多的是当下的状态,一种现在时的人生,体现出去历史或无历史的写作特征。

---

① 颜敏:《成长体验与青春写作——"80后"笔谈编后》,《创作评谭》2004年第10期。

　　在 2005 年,学者白烨试图对"80后"的文学轮廓进行勾勒,同时也试图为"80后"作家群进行基本的定位。在由唐磊根据白烨的讲稿整理形成的《"80后"的现状与未来》一文中,白烨首先对"80后"文学做了这样的界定:"'80后'一般指的是1980年至1989年间出生的写手,有时候它与其他一些概念相互交叉或相互替代使用,如'青春写作''新概念写作'。'80后'这个概念现在看并非十分准确,包括'80后'的作者自己也很不满意,但目前还没有更好的概念来替换,因为'80后'更多的是一种文化现象,还不具备一种文学写作的特点或文学流派的倾向,只有先用这样一种年龄和年代的概念来概括。"[1]"至少作为市场现象或文化现象来看,'80后'是不能不加以关注和研究的。然后我在一些场合开始提'80后',包括接受《文汇报》采访,我说'80后'走上了市场,但没有走上文坛',许多人认为判断比较客观和准确。事实上,他们中的许多作者,都是直接通过出版社出版了自己的作品,没有经过按部就班的文学演练,因而文坛对他们知之甚少或一无所知。"[2]"从文学的角度来看,'80后'写作从整体上说还不是文学写作,充其量只能算是文学的'票友'写作。所谓'票友'是个借用词,用来说明'80后'这批写手实际上不能看作真正的作家,而主要是文学创作的爱好者。他们现在爱好写作,所以就来写作,将来怎样还很

---

[1] 白烨:《"80后"的现状与未来》,《2006年中国文坛纪事》,文化艺术出版社2007年版,第121页。

[2] 白烨:《"80后"的现状与未来》,《2006年中国文坛纪事》,文化艺术出版社2007年版,第121页。

难讲,因为他们现在大多数人还是学生,以后毕业了是不是还会支持写作,还会热爱文学,那就不一定了,至少目前还是未知数。"①现在回过头来看,白烨当初的判断虽有不够准确的地方,但代表了"80后"作家刚刚崭露头角之际给人们留下的印象,白烨因此文招致"80后"代表作家韩寒十分激越的抨击,这场论战显示了"80后"与前代之间毫不含糊的决裂与拒绝。

"80后"的写作体现出一种强烈的青春写作特征,青春既是"80后"的人生状态,同时也是他们写作的重要资源。对青春写作表现出极大的热情主要出现在两个时代,一个是20世纪初期的五四新文化运动时代,冰心、庐隐、郭沫若、郁达夫、叶圣陶、丁玲、巴金等等成为那个时代青春写作的代表;另一个着力进行青春写作的时代便是"80后"带来的。青春写作的崛起,标志着一个叛逆文化思潮的到来。五四时期是一个文化反叛的时代,对旧文化、旧思想以至旧制度的彻底批判,成为那个时代的主题。五四时期的一代作家带着自己的青春理想与社会变革的诉求,书写出一代年轻人寻求变革的心声。在巴金的长篇小说《家》里,高觉慧作为五四思想启蒙下的一代青年,以自己对旧的封建家族制度的批判,以及与旧式大家庭的彻底决裂的态度写出了一代青年人的精神成长。"80后"的青春写作同样充满着反叛的色彩,但这种反叛不同于五四时期一代作家建立现代民族国家的思想诉求,"80后"的

---

① 白烨:《"80后"的现状与未来》,《2006年中国文坛纪事》,文化艺术出版社2007年版,第129页。

反叛更多地指向与自身个性诉求相冲突的家庭环境、学校教育模式，表达对社会某些现状的抗拒与不满。"'80后'青年写作在对现代教育制度的反叙事中逐渐走向对于现代性本身的反叙事，同时在这种反现代性叙事的背后，呈现当下中国社会自身面临的一系列亚文化特质，体现出一种反现代性社会思潮中独特的叙述方式与文本追求。青少年在新的物质文化环境中表现出了和前代青春不同的精神与情感特质，以一代人强烈的'自我'意识体现出了新时代身体与精神多层面的异质性。生活中物质的逐渐丰裕，精神生活的逐渐去传统化，这些成为一种流行与时尚。"①学者颜敏在一篇有关"80后"文学的文章中谈了对青春写作的看法，她认为青春写作应该符合三个特征：一是青年作家对成长体验的即时性表达；二是青年作家普遍表现出自我认同的精神危机；三是青年作家往往表现出叛逆性的文化姿态。同时他还指出，"80后"青春写作的代际标志："我觉得，其最主要的标志在于作品所表现出的成人焦虑。这种焦虑显现在两个方面：一方面是他们在校就读期间，以审父的形式体现成人的焦虑，如所谓'实力派'代表作家李傻傻的长篇小说《红X》。另一方面是他们初涉社会，以难以承受的心灵创伤的裸露表现成人的焦虑……"②

　　"80后"青春文学写作中渗透着强烈的叛逆色彩，打架、逃学、

---

① 郭艳：《像鸟儿一样轻，而不是羽毛：80后青年写作与代际考察》，文化艺术出版社2012年版，第19页。
② 颜敏：《成长体验与青春写作——"80后"笔谈编后》，《创作评谭》2004年第10期。

作弊,甚至吸毒、酗酒、滥情成为"80后"文学展示残酷青春时并不鲜见的场景与情节,另类、边缘的青春,不良的少年形象,叛逆不羁的行径,似乎都在张扬着"80后"反叛传统的个性。就叛逆而言,在中国新文学百年来的发展过程中是一个重要的命题,五四文学革命运动的特征之一便是对旧文学、旧伦理的全面颠覆,鲁迅的《狂人日记》、郁达夫的《沉沦》、郭沫若的《女神》、丁玲的《莎菲女士的日记》、庐隐的《海滨故人》等等,都在那个时代表达出最为强烈的叛逆,同时传递出五四一代青年人反叛传统的个性追求与变革诉求。20世纪80年代,同样是叛逆精神高扬的一个时期。同样彰显叛逆精神,"80后"文学中对叛逆的表达与五四时期文学中的叛逆书写有着很大的不同,学者孙桂荣在《论"80后"文学的写作姿态》一文中指出:"由于生成语境的不同,同新时期文学史上前代作家的叛逆写作相比,'80后'文学的叛逆也发生了某些微妙的变化:首先,是时代背景相对单一而来的叛逆指向的渐趋个人化、平面化色彩。其次,是由于生存环境的相对宽松而来的叛逆表达的自然和轻松。"同时,孙桂荣还分析了形成这种叛逆写作风格差异性的文化环境缘由:"将边缘场景叙述成一种'见怪不怪'的常态,是'80后'叛逆写作的一种美学新质,它可能源于相对宽松的生存环境下'另类'本身的冒犯性有所降低(社会文化的开放宽容会相应提升'另类'的门槛),尽管在文本层面,轻松自然常理常情般的另类叙述比之高调愤激的另类宣言,似乎更具有某种令人瞠目结舌的'另类'效果。"①

"80后"的成长叙事中最为引人关注的,同时也最具代际写作标志的是被称为"残酷青春"的文学写作,最具代表性的作家有春树、韩寒、孙睿等。"80后"作家春树被冠以"残酷文学""刀锋文学"的名号。春树,1983年出生,2000年高二辍学后,开始自由写作。2004年2月获得第五届网络金手指网络文化先锋奖。2004年2月,她成为美国《时代》周刊的封面人物,美国人称她为"新激进分子"。她与韩寒、曾经的黑客满舟、摇滚乐手李扬四人被认为是"中国80年代后的代表"。2004年6月,成为《三联生活周刊》封面人物。春树热爱摇滚,热爱朋克精神,热爱诗歌,热爱小说,著有长篇小说《北京娃娃》《长达半天的欢乐》《春树四年》《2条命》《红孩子》等。

春树的代表作《北京娃娃》是部自传体小说,被称为中国第一部严格意义上的"残酷青春小说"。这篇小说写的是北京女孩林嘉芙从14岁到18岁之间的事情,包括考上职高,令人窒息的校园生活,第一次休学,到杂志社打工,与男朋友之间的复杂情感经历,等等。作者以早熟而敏感的笔法描写了新时期的这一代人在理想、情感、欲望以及成人世界之间奔突、呼告甚至绝望的历程,展示叛逆一代的青春伤口,反映出对社会、家庭、学校和爱情的审视。《北京娃娃》虽然是以小说的形式存在,但实际上是一部作者

---

① 孙桂荣：《论"80后"文学的写作姿态》,《文学评论》2009年第4期。

审视过去生命痕迹的"成长史"。

在以春树为代表的"80后"文学中，青春成长的绝望，来自对所谓前程的失望。而这种前程是这个时代呈现出来的症状，这个症状是病态的，没有人会对病态的前程充满激情，所以，问题不在成长者那里，而是时代的状况存在问题。青春成长的支离破碎，来自个体对成长以及自身对未来整体性把握的丧失，来自个体的被切割。成长的愤怒也来自时代教育理念的虚伪与做作。他们把那些正统教育中十分重要和神圣的东西刻意地损毁或者漫不经心地丢弃，表达出对这种死板的正统的不满，而不是为了显示正确与否。很难说"80后"青春成长叙述中流露出来的那种迷茫、困惑，甚至是颓废和愤怒来自哪里。他们在作品中表现出对既定规则的反抗，对学校刻板教育模式的不屑，对父母管制的厌恶，对正统道德观的蔑视，对世俗社会规则的排斥，对按部就班、循规蹈矩的生活的厌烦。成长的愤怒，也许来自青春对无拘无束的渴望，而这种渴望与死板的观念、环境如此的不谐调。"我一天比一天地更加讨厌学校了。我不想再学这些东西，我不想再待在这里。我已经受够了这里。在这儿待着多么的没有意义。是多么可笑和没用。想到还要在这JB学校待两年，我就想疯。想到期末考试还要考文书、速记、形体、计算机，我就头大。看着台上那老母鸡一样的男人（我们校长），我不知道他来这儿是干什么的……我想上大学，我想上大学，我要一个人待着，我要一个人待着。再在这个学校待下去，我还有命吗？分配、上班、考学……累死了。

在班里，我只对语文、政治感兴趣，因为教历史的老师还兼职高二的摄影，所以我们高一下半学期就没有历史课了。我目前的生活就像一枚导弹，不知被发送到哪里，我想早晚都会落在地下，成为碎片。"①在春树的小说中，主人公类似的情绪表达随处可见，对正统、机械的学校教育体制的不满似乎成为他们在现实中另类人生的动力来源。

春树在作品中可以毫无障碍和过渡地去描写女主人公春无力和初次见面的朋友间的性爱："吃完早餐，潭漪开始亲我。我看到他细长的眼睛和柔和的嘴唇。他的脸带着清晨的光彩。我们做爱的时候，天津的诗人都还没起床。我发现做完爱，潭漪的眼神变得更黯淡。我们躺在床上，窗帘已经拉开，早晨的光线从窗外射进来，我不由自主把手伸向阳光：'我真想抓住一些什么啊。'我在说着这些的时候，就觉得连现在正在说的话也抓不住。"②对于以春树为代表的"80后"作家笔下性体验的写作方式，学者孙桂荣有着这样的评价："'80后'对身体的简约、清淡式书写，使其似乎已在某种程度上疏离了先锋派、新生代作家经常出现的欲望化表述、情色书写，表达青春情绪的文学居然再将性、身体这些青春期中的敏感区域作为写作焦点，这只能说是文学向前发展的结果，即经历过60、70年代人笔下的'身体风暴'之后，身体写作在这

---

① 春树：《北京娃娃》，文化艺术出版社2010年版，第62页。
② 春树：《长达半天的欢乐》，上海文艺出版社2012年版，第151页。

一代人看来似乎已有些'审美疲劳'。"①的确,在春树这里,身体、性,都是很淡然、很平常的一种存在,没有男权、政治等意识形态内涵的背负,也不存在欲望的释放、主体意识的觉醒,身体不再被历史、思想解放、意识形态等等词语征用;同时,性与色情也被割裂,失去了所有细节描写的必要性,性只是沟通的一种方式,如同网络或言语。对于春树的极具个性的残酷青春写作,有论者表示质疑与批判:"所谓个体化写作,其实两个用意,之一是把这些'80后'作家们从'80后'的概念泥坑中洗清了捞出来,之二便是表扬了'孩子们'的个性写作。要说个性写作,春树可能还真像那么一回事。在春树的几部长篇小说中,主人公都是以一种横冲直撞的玩世不恭,以及对理想、爱情、人伦、责任、道义等价值原则以蔑视、嘲弄和自慰的姿态出现。但这种所谓的个性写作其实质却是值得怀疑的。在这样一个推倒了统一标准的社会,个性也许是最值得玩弄的东西了。在很长一段时间里,玩弄个性甚至与满大街的染发一样都成为一种时尚的标志。进入20世纪90年代以后,时尚朝着小资与朋克两种形态分化,与小资相比,颠覆一切的朋克无疑成为更具个性的代表。与过去的封闭不同,在逐渐开放的环境中,人们对一切特立独行的东西都充满了急不可耐的兴趣。于是,具有朋克风格也成为吸引眼球的一大卖点。而春树的个性,叛逆和对朋克的标榜都是作为一种消费品的面目出现的。事

---

① 孙桂荣:《论"80后"文学的写作姿态》,《文学评论》2009年第4期。

实上，个性写作的提法本来就是为了炒作的方便而制造出来的。所有的文学写作都是由个人进行的，都带有个人独特的生活体验与思考。既然如此又何谓个性写作？既然有个性写作，那个性写作的反面又是什么呢？是不是又有所谓的非个性写作，媚俗写作呢？"[1]论者的质疑虽然是针对春树的写作有感而发，但这样的思考对反思整个"80后"作家群的写作也不无意义。

韩寒是"80后"作家群中极具代表性的一位，他1982年生于上海金山，有着作家与赛车手的双重身份。在1998年"新概念作文大赛"中，韩寒以作品《杯中窥人》获一等奖。1999年3月，韩寒开始写作小说《三重门》，至今销售量已逾200万册。后退学，曾为上海大众333车队职业赛车手，是中国职业赛车史上唯一场地和拉力的双料年度总冠军，同时拥有象征中国职业赛车两项赛事最高荣誉的冠军奖杯。2010年4月，入围《时代》周刊"全球最具影响力人物"。主要作品有小说《三重门》，散文集《零下一度》，小说《像少年啦飞驰》《长安乱》《一座城池》《光荣日》《他的国》《1988——我想和这个世界谈谈》，文集《通稿2003》《韩寒五年》，文字精选集《毒》《草》，赛车随笔《就这么漂来漂去》，博客精选《杂的文》，等等。韩寒自走入文坛之日便成为一个极具争议性的人物，围绕他发生的较有影响的论争有：2006年3月2日，韩寒就文学评论家兼书商白烨的一篇名为《"80后"的现状与未来》的博文，

---

① 月千川：《春树文学中的性、谎言及其他》，黄浩、马政主编：《十少年作家批判书》，中国戏剧出版社2005年版，第99—100页。

写了一篇名为《文坛是个屁，谁都别装逼》作为回应。至此，两人就"80后"是否可称作家，是否已进入文坛等问题的不同见解，演变成了"韩白之争"。2011年12月23日至26日，韩寒连发《谈革命》《说民主》《要自由》三篇博文，简称"韩三篇"，引发网络论战。2012年1月，知名IT评论博主麦田在博文里质疑韩寒。2012年1月19日至28日，方舟子在自己的微博账户上连续发表《造谣者韩寒》《天才韩寒的文史水平》等文，指出韩寒作品"代笔""水军""包装"，从而引发了又一场为时不短的论战。

韩寒的成长本身便充满另类色彩。他不羁的言论、叛逆的个性、拒绝主流的姿态，都使他成为"80后"作家中最具叛逆色彩的一个。韩寒的小说同样以成长叙事为主要内容，成名作《三重门》通过少年林雨翔的视角，向读者揭示了一个高中生真实的生活，把亲子关系、师生关系、同学关系的种种矛盾和问题展现开来，体现了学生式的思考、困惑和梦想。小说的主人公林雨翔是一个小镇中学的初中生。他在父亲的熏陶下，熟读了一些古文，文科长于理科。他参加了学校的文学社，在一个民间办的作文比赛中获得了一等奖。中考前夕，父母为了他能考上市重点高中，费尽了心思，找人为他补了一段时间的功课；但他的心思不全在学习上。除了学习，他还挂念着一个叫Susan的女孩。Susan也鼓励林雨翔努力学习，并说三年之后在清华园见。林雨翔的心愿是和她考上同一所高中，而他在父母的"努力"下，跌跌撞撞地进了市南三中。但阴差阳错的是Susan以三分之差，无缘市南三中的门槛，与林雨翔擦肩而过，林雨翔后悔不已。挤进了高中后，他的学习每况愈下，几门功课不及格。可他哪里知道，Susan 是为了他才放弃考取市南三中的。林雨翔无奈只得接受无缘的事实。小说反映了当时甚至直到今天仍然盛行的应试教育下，学生们的思想价值观和生活状况。作品文笔成熟老辣，且直面现实，批判锋芒不时显露。《三重门》是一部典型的青春小说，它带着成长中青年人的困惑、反叛与迷茫，也有着青春的热血、朝气与激情。在这部小说中，韩寒的语言尽显幽默、讽刺，辛辣俏皮，多用比喻，妙语连珠，有着对钱锺书的《围城》刻意模仿的痕迹。在人物关系的设置和细节描写上，小说中林雨翔与 Susan 一如《围城》中的方鸿渐与唐晓芙。《三重门》的出版，一方面，让人们感受到了一个少年写作者不俗的文字功底与文学造诣；另一方面，也让人读到了一代少年对现行教育制度批判的锐气。韩寒依靠《三重门》一鸣惊人，随后他的退学行为，更是使他叛逆的个性展露无遗，同时也赢得了同龄人的赞叹。2010年，韩寒出版了又一部长篇小说《1988——我想和这个世界谈谈》。这部小说的故事中两条线索并列推进：一条线索表现的是主人公"我"开着一辆1988年生产的汽车前往某个城市接一个朋友，一路上所遇到的人与事，其中主要是与失足少女娜娜的纠葛；另一条线索是"我"站在今天，回顾自己的童年，思量着经历过的一些琐细的事情。不论是作品的立意，还是小说的叙事风格，这部作品与《三重门》相比，都使人看到了韩寒的成熟。《三重门》中虽然也充满了对现行教育制度的激愤与不满，但那种成长烦恼的书写属于"少年不识愁滋味，为赋新词强说愁"；而小说《1988——我想和这个世界谈谈》中的那种渗入骨髓的悲凉才真正写出了"而今识尽愁滋味，却道天凉好个秋"的味道。两部作品联系起来看，恰恰折射出了作者的心路历程。《1988——我想和这个世界谈谈》的主人公是一个曾经充满理想主义色彩、有正义感的青年，而这种正义感与理想主义被庸俗的社会潜规则所淘汰。作品叙述的正是这个被淘汰的青年开着一辆已经报废的汽车去接一个被执行了死刑的朋友的骨灰，以及在这段路上发生的故事，主要讲述了一个偶遇的名叫娜娜的失足女孩的遭遇和经历。小说的最后，主人公拿到了朋友的骨灰，旅程也随之结束。娜娜被检查出体藏病毒，于是怀着孩子潜逃。两年以后，陆子野带着娜娜生下的孩子驾驶1988向五千公里外的海岸线出发。小说充满着颓废与死亡的意象，连同那辆已经报废的汽车，而与这颓废与死亡意象相联系的，是一个个本来应该充满朝气的青年，主人公"我"、娜娜以及"我"的童年和少年时代的伙伴们——刘茵茵、孟孟、丁丁哥哥、肖华哥哥等等，但一个个年轻的生命却迅速地枯竭，没有救赎，只有沙土飞扬的旅程和前途未卜的命运。韩寒在这部小说中表达的是对当下现状的一种批判，但他把这种批判写得平实而不足为奇，这样的书写恰恰推动了作者叙事的成熟。如果我们把从《三重门》到《1988——我想和这个世界谈谈》看作一个有关成长的叙事的话，那么，《三重门》可以说是青春时代的成长叙事，锐气与朝气相融合，传递的是一个成长中的少年的思索与反叛；而《1988——我想和这个世界谈谈》则写的是心智成熟后对来时成长之路的回首与感叹，透露出一股浓厚的悲凉气息。

孙睿是"80后"作家群中又一名以另类不羁的青春成长叙事为写作特征的作家。孙睿1980年生于北京。主要作品有长篇小说《草样年华》《草样年华2》《草样年华3》《草样年华4》《活不明白》《我是你儿子》等。代表作《草样年华》是一部描写大学生活的长篇小说，以邱飞和周舟的爱情生活为主线，塑造了邱飞、杨阳等个性鲜明的人物形象，他们压抑、愤怒与迷茫，在学校里他们是所谓的不务正业的坏学生，无心学习，整天琢磨着逃避考试、偷窥女生宿舍、谈恋爱、玩乐队、喝酒、打架等等，但实际上他们又都是充满理想和热情的青春少年，他们渴望找到灵魂的出口，热爱文学和音乐，内心充满了善良和对未来的期待，只是与大学校园死板、程序化的环境格格不入而已，这才导致了他们的愤世嫉俗，以微弱的"坏"来与周围的环境相抗争。孙睿的写作深受王朔的影响，调侃、另类、卓尔不群成为孙睿赋予自己作品及笔下主人公的主要气质。大学生邱飞四年的大学生涯成为《草样年华》的叙述焦点，作品叙述的是一种颓废青春。一开篇，小说便从主人公邱飞的视角展开对过去大学时光的追叙："毕业一年后，我勉强通过一门功课的补考，从系主任的手中接过毕业证书，上面贴着我毕业时的照片，一张一寸黑白免冠照，我满脸阴郁地被记录在相纸上，眼中透露出让人难以理解的神情。想起我自己另两个时期的毕业照片,不禁有种时过境迁之感。小学毕业照片,我稚嫩的脸上流露出天真无邪的发自内心的缺心眼儿似的傻笑;中学毕业照片,我咧开长满黑色绒毛的嘴,强颜做出皮笑肉不笑;而这张照片,我却如何努力也笑不出来。"①笔墨之间毫无朝气可言,相反充满一股老气横秋的气息,小说正是带着这种自嘲、自讽的哀叹开始了对自己大学四年学习生活的叙述。作者将主人公邱飞刻画成一个充满颓废色彩的"另类英雄",与正规的学校教育管理制度处处相抵,也对现实生活中的种种既成秩序表现出极大的不屑:"曾经,我对生活中的一切极为不满,看不惯周围的人和事,认为除了自己外,所有人都是傻逼。而当我失去理想、失去周舟的时候,当我懵懂地走出校园,开始朝八晚五挤公共汽车上下班并不时因为工作的失误而被刁钻刻薄的老板批评却无可奈何依然任其摆布的时候,当每个月底揣着微薄的薪水和同事们喝得酩酊大醉的时候,才感觉到,其实自己也是傻逼行列中名副其实的一员,而且是他们中最为傻逼的一个。"②邱飞的另类来自对日常生存现状的不满,同时也是对芸芸众生状态的不屑与挑战。大学时代的邱飞总是以自己的方式对付考试的压迫,作弊、替考、偷试卷、买试题,他一次次地与考试做着博弈,对大学生以及大学时代的生活而言,考试无疑是压在学生身上的一座大山,邱飞对考试的破坏,使他显示出凌驾于考试之上的另类姿态,成为一个令人"羡

---

① 孙睿:《草样年华》,长江文艺出版社2008年版,第5页。
② 孙睿:《草样年华》,长江文艺出版社2008年版,第283页。

慕"的反叛"英雄"。作者赋予主人公邱飞的第二个强烈的反叛行为便是对爱情的背叛。无论如何,青春时代最可珍惜也最让人心动的便是对爱情的体验和收获,在小说《草样年华》中,邱飞收获了看似完美的爱情,他与自己倾慕的女孩周舟走到了一起。但又以一次次肉体的背叛来对待这份爱情,一个是学生时代无人能逾越的强大制度——考试,一个是青年时代最为神圣的事物——爱情,这两样东西在邱飞这里全都被他颠覆和摧毁了,看似颓废的青春叙事,实则隐藏的是主人公令人"羡慕"的天马行空、无拘无束,他以自己的另类青春方式将自己打扮成一个反叛"英雄"。当然,正如文中所述,邱飞最终需要面对的依然是无法回避的现实人生,"成长是要付出代价的,为此我失去了青春的四年时光。在此过程中,我学会了愤怒,又学会了忍耐,学会了愤世嫉俗,又学会了麻木。梦已经越来越少地出现在我的睡眠中,取而代之的是鼾声如雷和长眠不醒,少年气盛、血气方刚已经在我身上消失,我甚至可以用'老气横秋'来形容自己。大学的四年已经过去,那一件件动人的故事和一张张鲜活的面孔正在我的记忆深处褪去颜色,变得面目全非、支离破碎"①。

最后需要提及的"80后"作家便是张悦然。张悦然,1982年出生于山东济南,于山东省实验中学毕业,新加坡国立大学计算机专业本科学历。已出版的作品有:短篇小说集《葵花走失在1890》

---

① 孙睿:《草样年华》,长江文艺出版社2008年版,第283页。

《十爱》,长篇小说《樱桃之远》《水仙已乘鲤鱼去》《誓鸟》,图文小说集《红鞋》,主编主题书《鲤》系列等,与韩寒、郭敬明、贾飞、九把刀、刘建燊等是中国最具影响力的青年作家。张悦然从 14 岁开始发表文学作品,先后在《青年思想家》《收获》《人民文学》《芙蓉》《花城》《小说界》《上海文学》等重要文学期刊发表作品。其作品《陶之陨》《黑猫不睡》等在《萌芽》杂志上发表后,在青少年文坛引起巨大反响,被《新华文摘》等多家报刊转载。2001 年获第三届"新概念作文大赛"一等奖。2002 年被萌芽网站评为"最富才情的女作家""最受欢迎女作家"。2003 年在新加坡获得第五届"新加坡大专文学奖"第二名,同年获得《上海文学》"文学新人大奖赛"二等奖。2004 年获第三届"华语传媒大奖"最具潜力新人奖。2005 年获得春天文学奖。2006 年荣登"2006 第一届中国作家富豪榜"。长篇小说《誓鸟》被评选为 2006 年"中国小说排行榜"最佳长篇小说。2008 年,张悦然以《月圆之夜及其他》获得 2008 年度"茅台杯"人民文学奖优秀散文奖。莫言在为张悦然的小说写的序里曾这样评价她的作品:"张悦然小说的价值在于:记录了敏感而忧伤的少年们的心理成长轨迹,透射出与这个年龄的心理极为相称的真实。他们喜欢什么、厌恶什么、向往什么、抵制什么,这些都能在她的小说中找到答案。"与上述春树、韩寒、孙睿的另类反叛的青春写作不同,张悦然代表了"80 后"青春成长叙事中的另一种走向,这便是在或唯美、或浪漫、或小资的情调与氛围中去感知和经历青春的时光、人生的历练以及岁月成长的滋味。

"80后"作家的写作方式、写作环境、成长历程、文化氛围以及成长记忆，都与前面几代作家有着很大的不同，这也造就了"80后"作家在文学写作以及文化特质上的群体性特征。"80后"作家热衷于青春成长叙事，这一方面表达出他们与当代以来文学写作传统的割裂，另一方面也体现出他们对用自己的语言与方式寻找自我存在方式与存在价值的思想诉求。"80后"作家的写作更具后工业时代消费文化的特质，他们将文学引向了更具开放性的新媒介写作的场域，网络、动漫、影视、博客、短信、游戏、微博等等都成为"80后"作家安置文学的所在，从而也使得当代文学的写作、阅读与存在方式发生了革命性的变化，文学活动正在被赋予新的特质和内涵。"80后"作家以文化反抗以及全新的文化消费的姿态与方式走上了文坛，同时留下了他们不同于前辈作家的青春成长叙事。

第八章　自我言说：80年代以降女性主义文学的写作表征

　　就20世纪80年代以来的中国当代文学而言，女性主义文学的兴起是其中最为引人注目的潮流之一，它在美学风格、价值观念、批评话语、思维模式、解析视角等多个方面给人们带来强有力的冲击和深刻的启迪。纵向来看，新时期女性主义文学的写作本身便体现出一种不断"成长"的发展趋势。这种"成长"，一方面是女作家在作品中越来越直率大胆地对自我身份的认同与女性意识的表达；另一方面，便是在作品本身的叙事组织上对女性个体成长体验的执着叙述。女性主义文学的写作延展开来，便形成了20世纪90年代中国文学创作潮流中的私人化写作、欲望化写作、身体写作等一系列紧密关联的重要现象和命题。正如有学者所言："从新时期初期到90年代，从张洁的《爱，是不能忘记的》、张抗抗的《北极光》、遇罗锦的《春天的童话》、张洁的《方舟》，到刘索拉的《蓝天绿海》、万方的《在劫难逃》，再到上面所谈到的《一个人的战争》《游行》《羽蛇》《栎树的囚徒》，女性小说经历了不敢以自己的声音说话、瞻前顾后地说话，到无所顾忌、自由自在、流畅自然地说出自己的话的过程，这当然是一个很大的进步，从好的一方面看,这表现出女性小说叙述人——其实在很大程度上就是作者在小说中的投影——主体意识的发展强大。另外,在富有个人特色的叙事话语中也展现了新的美学风格,如我们在徐坤、林白的小说以及蒋韵《栎树的囚徒》中所见到的,在反讽与调侃中挥洒自如,语言的质地与美感被突出出来,叙述人跨越时间的自由——都激发了独特的诗学话语的生成。"①

一

女性主义写作与女性身份认同,以及女性话语表达之间的关联性,使得女性主义文学在欲望写作与身体写作的层面上表达强烈。因为整个人类书写的历史都浸透了男性中心主义,所以女性书写理念倡导者坚持开创一种全新的女性书写,即让写作回归女性身体,从描写女性身体的独特经验开始,让女性重建对世界的认知,让世界正视女性的存在。正如有学者指出的:"女性书写理论主张描写身体,是对传统文学书写表现灵魂或者精神思维惯性的逆反,男性中心主义书写赋予'理性''崇高'以无上地位,逐渐内化为女性的自我意识,使女性面对自己的身体和欲望时总处于羞辱和自责中。女性书写意欲恢复其作为自然现实的本来面目,不惜矫枉过正,即用男性中心颂扬和供奉灵魂和神性的方式来颂

① 陈淑梅:《叙述主体的张扬——90年代女性小说叙事话语特征》,《文学评论》2007年第3期。

扬和供奉身体和欲望。""到了全球市场化的今天,如果说这种描写身体的方式依然有着积极效用,也是因为特定参照物的存在:商品经济规律取代传统的父权制而成为控制女性的压抑结构,描写身体依然可以用来表达女性对控制的抵抗和戏弄。"①市场经济时代,女性更多地被贴上了商品的标签,或者成为各种商品的附属物,如豪车与美女,而男性成为消费者,尤以"成功"的男性为主。商品经济取代男权文化成为女性新的主宰,在这种背景下,女性主义写作不无现实的批判意义。

女性主义写作与女权主义思想紧密相连,它从一开始便以其对男权文化以及相关的思想观念的强烈质疑而显示着自己的价值。20世纪20年代,以丁玲的《莎菲女士的日记》以及庐隐的《海滨故人》为代表,显示出西学东渐之后在现代思想启蒙下女性意识在文学写作中最初的自觉。这一时期的女性主义思想表达,一方面,十分注重对深深地镶嵌在封建专制体系中的男权文化思想的批判;另一方面,也努力地展示觉醒了的知识女性决绝抗争的勇气及其所承受的伤痛与孤独感。从长久的男权文化压制下苏醒了的女性解放意识,具有一种强烈的对抗与批判要求,它与五四时期的思想启蒙、个性解放、人的觉醒融汇在一起,形成了一股强有力的思想解放力量,体现出一种具有现代转型意义的价值取向,成为那个时代宏大叙事的组成部分。所以我们可以看到,在

---

① 魏天真、梅兰:《女性主义文学批评导论》,华中师范大学出版社2011年版,第46页。

整个20世纪的女性主义文学写作中，20世纪20年代的女性写作虽然数量有限，但却是最醒目的，激起的社会反响也是最强烈的，同时也使女性意识的自觉与解放诉求成为20世纪三四十年代女性写作最为重要的思想资源。

在20世纪50至70年代，五四意义层面上的女性主义思想表达不复存在，有关女性命运及处境的描写被纳入阶级斗争与阶级解放的话语体系之中，对旧中国妇女命运的描写主要是揭示旧时代妇女受压迫的悲惨人生，以及在共产党领导的革命力量的介入下翻身获得了解放。20世纪40年代于延安解放区由丁毅、贺敬之执笔完成的歌剧《白毛女》以及20世纪60年代的革命样板戏《红色娘子军》是这一写作模式的最佳范本。在这一时期，另一种有关女性面貌及命运的讲述是对新社会中全新妇女形象的塑造，在这种塑造体系中，主要显示出男女平等、妇女解放、半边天等种种意义内涵。也就是说，随着新中国的成立，妇女解放问题以完成时的语态与方式在被描写和叙述。在这一时期，妇女解放被看作社会解放以及政治革命的一个组成部分，妇女受压迫成为封建主义旧思想及封建制度罪恶性的一个证明。因此，在革命之后的新社会中妇女不再受压迫，妇女翻身得解放，成为必然的结局。如果依然出现不平等的、妇女受歧视或压迫的事实，则被看作是封建旧思想的残余，是旧制度的遗留物。言下之意，新制度中是不会产生这种妇女受压迫的问题的，或者说新制度没有妇女被迫害的问题，或男女不平等的问题。在这一思想逻辑下，中华人民共和国成立后的 20 世纪 50 至 70 年代的文学作品中,对新社会妇女处境的描写完全跳出了五四时期与男权文化相抗争的表达方式,转而以一套全新的阶级解放的话语体系书写,努力展现新社会下妇女全新的精神面貌。小说《李双双》中的女主人公李双双,就是这一时期新政权下社会主义劳动妇女新形象的极具标志意义的代表。

20 世纪 80 年代是中国当代文学中女性主义思潮全面复苏与觉醒的时期。在这一时期最具代表性的作家便是王安忆,她的作品在两个层面上有着突出的意义,一是以女性个体成长体验为叙事支点的文学写作;另一个是女性主义意识的强烈表达。前者是以《雨,沙沙沙》为代表的"雯雯系列",后者便是王安忆的"三恋",即《小城之恋》(1986)、《荒山之恋》(1986)、《锦绣谷之恋》(1987)。"雯雯系列"中始终存在的是一个成长中的女孩的叙述支点,这种个体成长体验的层层展开,形成了王安忆小说独有的沉静之美,也使得她的写作游离于"政治—历史"的宏大叙事之外,呈现出一种独有的个人风格特点。正如戴锦华所言:"从某种意义上说,正是王安忆蔚为壮观的作品序列构成了一个动人的成长的故事。读王安忆的作品序列,如同阅读一册多卷本的《安妮·弗兰克的日记》。这不是因为王安忆在众多的'世界文学名著'中对安妮·弗兰克情有独钟,也不在于王安忆白描式的写作与那消失在历史劫难中的少女日记具有风格上的相像,而在于它展示了一个不无惊心动魄意味的成长历程。一如在安妮日记的最初篇章中,我们看到了一个纯白的少女,她圆睁着天真的眼睛注视着怪诞的时代与历劫的遭遇;我们在'雯雯系列'中初遇了王安忆,一个纯情而执拗的少女,她将受惊吓的目光投向喧嚣而狰狞的世界(《幻影》),她第一次目击了人间的丑恶(《广阔天地的一角》),她充满希望地穿过沙沙的细雨,期待着独行在撒落橙红、天蓝色光雾的深夜的街道上(《雨,沙沙沙》)。"①

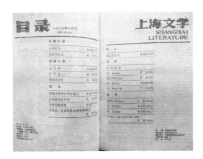

王安忆的小说《小城之恋》发表于1986年第8期《上海文学》

　　而王安忆的"三恋"则以对女性命运的关注和对人性的深入剖析以及对性之于人生的探讨,而将新时期女性文学的写作带到了一个新的高度。20世纪90年代是女性主义文学的一个活跃期,也是女性主义文学向纵深推进的一个时期。正是在这个时期,中国的女性文学写作以其强烈的女权主义思想意识令人侧目,同时也使女性主义文学成为彼时最为突出的一股文学思潮。

---

① 戴锦华:《涉渡之舟:新时期中国女性写作与女性文化》,北京大学出版2007年版,第181页。

王安忆的小说《荒山之恋》发表于1986年第4期《十月》

二

　　20世纪90年代中国女性主义文学的崛起与西方女性主义理论的东渐有密切关联。西方女性主义文学理论诞生于20世纪六七十年代,于80年代初传入中国,90年代中后期开始兴起。在这一时期,以陈染、林白、海男、徐小斌、徐坤等为代表的新女性作家迅速崛起,成为90年代中国文学创作中最引人注目的潮流。20世纪90年代,中国的女性主义文学写作蓬勃发展。学者王侃认为,20世纪90年代中国文学中的女性写作主要是在历史、语言和欲望三个层面展开批判,构成了这个时期女性写作的基本主题。"对于20世纪90年代中国女性写作在上述三个层面上展开的批判性主题书写,可以做这样的归纳:历史批判几乎是所有女性写作的起点,对于'历史'的男权本质的拆解不仅意味着一种叙事解放,也意味着一种新的历史意识和新的历史主体的崛起;语言作为文化的本体象征，在女性写作中被用于隐喻女性的本体境遇，对语言的批判也就是对男权文化机制给定的女性本体境遇的批判；而欲望则涉及文学中的性表达，涉及女性作为欲望主体的文化意义，同时这一主题的写作使在男权机制中被挤迫的女性形象异常丰富和饱满。"[①]这一表述较为准确地揭示了20世纪90年代女性主义文学的基本特征与状貌。

　　20世纪90年代以来的女性主义文学写作呈现出强烈的叙述"自我"的特征，作家们常常将自我对外在世界一切的感知作为叙事的主体内容，使作品具有一种十分突出的自我体认意识，并在自我心理的书写中去展现个体独特的成长体验。就成长叙事而言，20世纪90年代女性主义文学中的成长叙事体现得最为强烈和最为纯粹，"成长"成为作家寻找自我、体认世界、感知时间的一种重要方式，陈染的《私人生活》、林白的《一个人的战争》、绵绵的《糖》以及春树的《北京娃娃》等作品都有着鲜明的体现。"女性对男女两性关系的认识形成于成长过程中。在成长路途上，女性逐步获得对周围其他事物的认识，建立起自我话语方式。所以关于成长问题的探讨，应该说更利于女性意识的发挥，女性正是在从婴儿到成年再到生命衰竭的过程中，逐渐将与男性生理性上的区别转为文化、心理的差异。因而，成长问题对一个成年女性来说至关重要，张扬女性意识的女性文学关注成长问题也就是顺理成

---

① 王侃：《历史·语言·欲望：1990年代中国女性小说主题与叙事》，广西师范大学出版社2008年版，第28页。

章的事了。这种关注并不是孤立地看待女性生命中的某一现象，而是将女性成长前后联系起来，试图寻找一种因果关系，给女性生存状态以逻辑性的合法解释，借此达到确立女性主体的目的。从这个意义上来说，女性文学对成长的叙写是建立女性话语方式的基础。"①

　　陈染是 20 世纪 90 年代女性主义文学写作中极具代表性的一位，她的《纸片儿》《与往事干杯》《无处告别》《嘴唇里的阳光》《私人生活》《站在无人的风口》等作品以其强烈而独特的女性意识而引人注目。陈染 1962 年生于北京，1982 年考入北京师范大学分校中文系，开始在《诗刊》《人民文学》等刊物上发表诗歌。1985 年转向小说创作，在《收获》《花城》《人民文学》《钟山》《当代》等刊物上发表小说。1986 年大学毕业后在北京师范大学分校中文系任教。1989 年出版第一本小说集《纸片儿》。1991 年调入作家出版社做编辑。1992 年创作《嘴唇里的阳光》《无处告别》等大量中短篇小说。1995 年完成长篇小说《私人生活》，由此引发中国文学界关于"私人写作"或"个人化写作"的强烈争议。出版"陈染文丛系列"六卷本：《纸片儿》《与往事干杯》《嘴唇里的阳光》《另一只耳朵的敲击声》《私人生活》《我们能否与生活和解》，以及长篇小说、中短篇小说、散文集、谈话录等多种著作。陈染的作品以深刻的内心独白为特征，她本人以强烈的女性意识、不懈的探索精神，成为

① 洪武奇：《九十年代中国女性文学主题简论》，《天津师范大学学报》1999 年第 6 期。

中国当代文学史上一位独特而重要的女性作家代表。

　　陈染的写作一直最强烈地追寻个人世界的隐秘表达，她总是活在一个高度个人化的世界之中，从不屈服于外界的冲击和压力，也并不向自我的孤独和寂寞低头。她始终在内心的禁锢中守望，不断试探内心与外部的边界所在。她的作品有一种强烈的从个人的内心出发的倾诉欲望，也有不断清理个人记忆的愿望。她一面向读者敞开自己的内心世界，向外部的他者发出询唤，期望得到他者的理解和认同，一面不断拒绝外部世界的冲击和侵扰，强化了个人在社会中的孤绝感和个人世界的自主性。陈染的作品有强烈的自我倾诉的特色。她总是不惮将内心最复杂和最微妙的感情表达出来，她善于捕捉那种复杂、微妙和难以表达的心灵世界，她的这种表达极具人性开掘的突破意义。从这个角度看，陈染的写作标志着一个新的个人化时代的到来，这个时代正是市场化与全球化的新时代。自我确实一定程度上得以实现，但同时个人的自由也意外地变成不受拘束放纵的身体和急于被满足的欲望。女性得到了身体的自由，却被消费和时尚的潮流奇观化，变成了被享用和消费之物。自我不是一个孤立的绝对主体，它不能不在和他者的相遇中存在。陈染内心独白式的倾诉总是试图期待、接纳、认可他者，将自身的希望寄托于他者。随着他者面貌的展开，她却总是发现他者的面貌破坏、侵越自我的安宁和尊严，于是个人试图逃离他者。

　　在陈染的作品中，不断地出现对童年和少女时代的追溯和回忆。这种回忆成为确认自我的一种方式。陈染将童年和少女时代的经验中朦胧的、不清晰的过程通过回忆加以展开。这种展开的目的是理解和认知自我,将"我是谁"的问题通过回忆再度提出来。在她的回忆里经常有少女和成人男性接触的奇诡经验。这些经验是少女告别童年不可逃避的过程,但这种和他者面貌的相遇也是幻灭的过程。少女幻想的浪漫被坚硬的现实击碎,少女失掉了天真,体验了实在世界无法消除和忽视的残酷。人脱离天真进入世界的过程充满期待又带着无奈。陈染在这里提供了个体生命最真切、最切实的表达。这种表达意外地变成了中国告别天真、进入世界的隐喻。天真少女发现外部与自身的疏离,发现形成的自我在外部的冲击中进退失据的慌乱和犹疑。于是,个人失掉了天真,变成了成人。陈染在这里将不间断的、绵延的回忆展开成为今天中国记忆的重要部分。它的关键之处在于,陈染用小说表现的个人经验在此变成了一个社会在曲折和困扰中探求和寻找的可能性的表征。"事实上,在90年代的文化语境中,精神分析为陈染的写作提供了一份最为直接而有效的指认方式。人们不难从上述作品序列中,发现一个深刻的创伤性情境:童年——少女时代的家庭的破裂,父亲的匮乏,使她未曾顺利地完成一个女性的成长;不难从中找到一个典型的心理情结:厄勒克特拉情结,或曰女性的俄狄浦斯情结——恋父。一个因创伤、匮乏而产生的某种心理固置:永远迷恋着种种父亲形象,以其成为代偿;不断地在对年长者(父亲形象)、对他人之夫(父亲位置的重视)与男性的权威者(诸如医生)的迷恋中,在寻找心理补偿的同时,下意识地强制重现被弃的创伤情境。事实上,陈染八九十年代之交的写作与其说是提供某种精神分析的素材;不如说是在其作品中进行着某种精神分析的实践;与其说她的作品充满了丰富的潜意识流露,是某种梦或白日梦;不如说那是相当清醒而理智的释梦行为与自我剖析。"①陈染自己也曾说过,一个好的作家的作品,都会有"心灵自传"的成分,无论他书写社会人生什么样的话题,都会包含他自己的价值观、思想、情感和爱憎。从某种意义上来说,《私人生活》可看作是作者自己的精神成长史。

陈染的作品呈现出鲜明的身体写作的特征。"身体写作"一词最初来源于法国女性主义批评家埃莱娜·西苏的《美杜莎的笑声》,她指出了女性写作的重要性,女性写作的重要策略就是身体写作,"写吧,写作是属于你的,你是属于你的,你的身体是属于你的,接受她吧"②,"妇女必须通过她们的身体来写作,她们必须创造无法攻破的语言,这语言将摧毁隔阂、等级、花言巧语和清规戒律"③。在陈染的《与往事干杯》《无处告别》《私人生活》等作品中,涉及青春少女时代的经历和极为个人隐秘的生活情史。在叙述中,陈染对青春少女性意识觉醒后既惧怕男性而自守,又渴望男

---

① 戴锦华:《陈染:个人和女性的书写》,陈染:《私人生活》,经济日报、陕西旅游出版社2000年版,第319—320页。
② [法]埃莱娜·西苏:《美杜莎的笑声》,张京媛主编:《当代女性主义文学批评》,北京大学出版社1992年版,第189页。
③ [法]埃莱娜·西苏:《美杜莎的笑声》,张京媛主编:《当代女性主义文学批评》,北京大学出版社1992年版,第195页。

性而脉脉含情的躁动不安,以及女性在生命内部重大变动时期(如初潮)既张皇失措又甜蜜沉静的矛盾心情做了极为细腻、清晰的描述。在代表作《私人生活》里,陈染以倪拗拗这个出生在都市书香家庭的女孩子为主人公,讲述了她敏感、封闭而又隐秘的成长体验,高中老师 T、独居的邻居女人禾、大学时代的同学尹楠,成为她记忆这种成长的重要节点。在这种成长的体验与叙述中,与身体有关的性的体悟是一种十分重要的方式,陈染以这样的途径,找到了回到个人心灵世界的路途,由此而专注于女性自我的内心世界,传递出对男性话语营造的空间与生活的怀疑与拒绝。

作家徐坤在《双调夜行船:九十年代的女性写作》中,将 20 世纪 90 年代女性文学表现出的强烈的身体写作意识看作百年新文学发展史上女性意识表达的第三次解放:"第三次解放,即是 90 年代女性对自己身体的解放……只有在这个时候,女人对自己身体的认知欲望才格外强烈,她们力图通过女人自己的目光,自己认识自己的身体,正视并以新奇的目光重新发现和鉴赏自己的身体,重新发现和找回女性丢失和被湮灭的自我。"[1]学者黄玉梅针对 20 世纪 90 年代女性文学中的身体写作倾向,也表达了与徐坤相近的观点:"躯体写作作为女性小说叙事叛离叙事传统之后的一种选择,它传达的是女性独特的生活经验和生存经验。女性作家们通过对女性自我经验回溯、审视女性现实境遇,审度女性成

---

[1] 徐坤:《双调夜行船:九十年代的女性写作》,山西教育出版社 1999 年版,第 17 页。

长的历史和现实,揭示女性命运的独特性和连续性。这种对成长中心路历程的探寻使得躯体最富于变化的少女时期种种生存真相得以充分呈现。"[①]

林白是20世纪90年代女性主义文学写作中另一位颇具标志性意义的作家。林白,1958年生于广西北流市;曾插队两年,其间当过民办教师。1982年毕业于武汉大学图书馆学系,曾在图书馆、电影厂工作,现在北京定居。起先创作诗歌,后从事小说写作,先后从事电影、图书、新闻等行业。十九岁开始写诗。有《一个人的战争》《说吧,房间》《万物花开》等多部长篇小说和《林白文集》四卷,部分作品被译成六种文字在国外出版发表。林白的作品同样体现出强烈的女性意识,她的写作与陈染有着极大的相似之处,都是以一种独语体的方式对女性的成长在心灵层面上进行追忆和展开。同时,林白还热衷于对女性个人体验进行极端化的描述,专注于讲述绝对自我的故事,她极擅长捕捉女性内心复杂微妙的涌动。

《一个人的战争》是一部具有自传色彩的长篇小说。借着这部小说,林白有意总结她早期的生活及创作经验,并思索一个女性为写作必须付出的代价。全书始自五六岁(叙述者)的林白抚摸自己、初识身体的欲望,一路描写她的少年学习经历,初燃的创作野心,流浪四方的奇遇,一再受挫的恋爱,被迫堕胎的悲伤等情

[①] 黄玉梅:《论90年代女性小说中的成长叙事》,《电影评介》2007年第9期。

节,最后她辗转由家乡来到北京,"死里逃生,复活过来"。林白洋洋洒洒写来,颇有不能自已的时候。全书的形式虽不够精致,但仍有一股直率动人的力量。往事不堪回首,但也只有真诚地检视过去岁月的希望与虚妄,自剖年少的轻狂与虚荣,才能拓展出更成熟的视野。林白写自己成名心切,贸然抄袭了别人的作品,留下洗不清的污点;写自己一心壮游他乡,却在最可笑的骗局中失去贞操;也写自己为爱献身,几至歇斯底里的绝望。自揭疮疤,不是易事;但林白告解忏悔的动机无他:生命最绝望的时刻反而成就她对创作最深切的执着。一个女作家的成长,真是用身体来作赌注。"对于一个女孩来说,'成长'意味着那丰富的潜能打开通途的过程,意味着一个获得自我的过程,意味着她在使自己成为自己。那需要不倦的努力,不断的自省,不断改善与创造自由的健康的心态,而这一切自始至终伴随着因正视自己被内化的事实而不可避免的心灵搏斗。"①

　　小说描写了少女林多米自我成长的艰难历程。多米自幼丧父,从医的母亲经常不在身边,可以说是在"父权"缺席的空隙中成长起来的"主体",一个真正的自生自长的女性主体。少女性欲望的方方面面在小说中得到全面、深刻而细致的刻画。从五岁时开始的手淫,很早就对自己身体隐秘处感兴趣,对别人生孩子很好奇,多米从小就有明确的性别意识和发自女性生命本体的强烈

---

① 黄玉梅:《论90年代女性小说中的成长叙事》,《电影评介》2007年第9期。

欲望。少年时期对美丽女人的着迷、对同性恋的逃避、青春期朦胧的肉体及精神的觉醒，作者向我们描述的纯然是少女在生命的成长过程中独一无二、刻骨铭心的体验。其中既有表层的生活经历，如家庭遭际、插队、独自远游、电影之梦、爱情挫折等，也有各种边缘而陌生的生理/心理体验，如女性个体的性经验、性欲望和性幻想，以及同性间微妙的感情关系，等等。这些以往不被主流叙事认可，甚至被视作禁忌的记忆和感受，作为个人不能忘却的身心体验，获得了深刻而惊心动魄的书写。这种坦率和真诚无疑是出于执拗的自我审视与追寻。"'生命化'的写作方式在关于女性个人成长经历的书写中，获得了对女性生命本体的新认识。女性自我成长史的主题性展开正是女性化叙事对个人化的躯体迷执的突破和超越。女作家们在寻找自己表现空间的过程中，将笔触潜入少女的心灵世界之中，颠覆了传统成长小说中单纯、圣洁、诗意的人物形象，使人物内心的焦虑、困惑、痛苦得以充分展现，从而丰富了成长小说中的人物形象。她们凭着敢于对灵魂自我剖析的宝贵精神，通过精细、深刻地揭示少女处在过渡时期的深层心理，唤醒人的自审、自重和自强，呼喊社会的和谐与健康，从而使自我生命都得到自由的发展，这是一个具有全人类意义的永恒主题。"①

　　除陈染与林白外，20 世纪 90 年代女性主义文学写作中较为

---

① 黄玉梅：《论 90 年代女性小说中的成长叙事》，《电影评介》2007 年第 9 期。

突出的还有海男、徐坤、徐小斌、绵绵、卫慧等作家。她们的作品均以强烈的女性视角叙事令人关注。其中,海男的主要作品有《疯狂的石榴树》《虚构的玫瑰》《蝴蝶是怎样变成标本的》《请男人干杯》《只爱陌生人》《花纹》《男人传》《女人传》《从亲密到诱惑》《女逃犯》《县城》《红粉者说》《妖娆罪》《我们都是泥做的》《裸露》《边疆灵魂书》等。徐坤,1965 年出生于沈阳,1993 年开始发表小说,代表作有中篇小说《白话》《先锋》《热狗》《沈阳啊沈阳》《年轻的朋友来相会》,短篇小说《遭遇爱情》《鸟粪》《狗日的足球》《厨房》《一个老外在中国》,长篇小说《春天的二十二个夜晚》《爱你两周半》《野草根》《八月狂想曲》等。徐坤以女性作家与年轻学者的双重身份立足于 20 世纪 90 年代的中国文坛,她注意把握先锋精神与读者审美传统和本土文化的辩证关系;她坚执于女性视角,善于揭示知识男女情趣、心理中多种欲望的躁动,其作品将形而下的具象与形而上的哲理水乳交融。

以陈染、林白为代表的 20 世纪 90 年代女性主义文学写作,以其强烈的女性自我表白与自我体认意识而打造出独特的叙事风格,回到自我个体的成长体验中去寻找自我的历史影像与心灵记忆,由此构筑女性个体历史空间成为作家们不约而同的叙事走向。正如有论者所言:"陈染、林白都看到了女性自己在成长中遭受残酷的真相所在,认为女性的成长是以受伤害的体验表达出来的,表现出一种无奈和冷酷的女性成长经验。她们的女性写作强调'书写自身',有时就是直接书写'女性之躯'。在男性话语霸权的强大文化范本面前，她们就是把身体写作作为开禁女性长久以来的失语之痛，来进行女性自我观照和自我体认。"[1]的确，20世纪90年代女性主义文学正是以其强烈的自我体认表达出对以往男权文化压制下的女性书写的拒绝与反抗，女性个体成长体验的细腻呈现，表达的是对以男权文化为代表的政治权力话语的排斥。独白的语体风格、身体感性的认知方式，都显示出20世纪90年代女性主义文学写作在文体层面上的大胆探索与坚决的转型。

女性主义文学中自我言说式的心灵独白，看上去将文学写作带向一个狭小的写作空间，境界与格局都十分有限。这种情况在王安忆20世纪80年代创作的小说中便有十分突出的体现，到陈染、林白等的创作中更是走向成熟，正是这种带有"排他性"的自我叙述，使得女性主义文学写作能够远离现代以来一系列的宏大叙事命题，这种刻意的回避，恰恰是女性写作确立自身价值体系必须做出的选择。女性主义文学写作常常与欲望写作以及身体写作相关联，在对历史的追叙中，传统文学中的时代风云面貌被极大地淡化，一切都在自我个体生命成长的记忆中加以过滤和展开，身体而不是语言成为与外界世界对话的重要途径，使得女性主义文学写作中这种对世界的感知方式更具个人的真实性，而不是在某种现成的话语体系中完成对世界的认知。所以，陈染、林白等人创作中的身体写作的倾向，实质上是女性写作立场的表

---

① 郭运恒：《从追求个性解放到自甘沉沦——20世纪中国女性文学中"身体写作"的嬗变》，《当代文坛》2011年第5期。

达,这与后来卫慧小说《上海宝贝》中的那种感观化、肉体化的身体写作有着很大的不同。陈染、林白等人的身体是另一种言说世界、感知历史、体验生命的方式,卫慧以及春树小说中的身体则是在后工业时代的消费语境中被物化的欲望的表达,是以身体欲望的直接书写来呈现在碎片化的物质世界的存在状态。陈染、林白等人的文字书写有着诗的特质,个体记忆沿着身体的点点滴滴的感知而展开,对身体记忆的追叙成为个体对生命、情感、历史、社会、人际等一切认识的重要方式。因此,20世纪90年代以陈染、林白等为代表的女性主义文学中的身体写作是女性主义话语体系的承载,也可以说它本身就是一种女性话语的体现,而对个体成长的追忆和叙述则成为女性重建自身历史体系的一种策略和言说方式。

后　记

　　这是一本有关20世纪80年代的书。对于当代中国而言,80年代有其特有的时代意义,这在政治、经济、文化及社会生活等层面都有着深刻的体现。文学中的80年代是本书论述的重要维度,但又不限于此,书中所论,有的是从80年代的重要历史事件与文化现象讲起的,比如恢复高考与文学中的高考叙事的问题,比如80年代流行音乐的政治文化属性问题;有的是从具有80年代历史意味的物件与形象谈起的,比如火车、比如饮食、比如80年代北方小镇上的青年;还有的是从文学现象的视角切入的,比如知青文学、女性文学以及"80后"文学等。80年代是书中所论的中心,在具体的展开中,也有将80年代置于当代中国以至百年现代中国的视野下予以观照。

　　书中所论,是一个时期里我对80年代文学与文化现象思考的一个结果。从2019年开始,我面向浙江工商大学本科生开设的通识课"写作与沟通",所设定的课程主题便是"80年代",书中的这些章节,也正是我在授课中阐述80年代文学与文化现象的主要命题,所以这本书也凝结着我这几年课堂教学的心得。同时,这本书也是我所主持的2022年度浙江省高等教育学会高等教育课题"高校通识课'写作与沟通'专业融通理念的教学实践探索"(课题编号:KT2022424)的研究成果。

　　书中的第一章所论及的当代文学中的高考叙事现象曾给所指导的研究生的论文选题带来启发,书中的第二章对80年代流行音乐的论述曾发表于2015年10月号的《文艺争鸣》,书中的第四章有关火车与铁路叙事的研究,以及第六章关于80年代北方乡镇青年形象的分析,也曾在当代文学和当代影视等相关学术会议上进行过交流。80年代是当代思想文化及学术领域一系列命题与方法得以形成的重要时期。于我个人而言,80年代正是求学、成长的重要人生阶段,因而这其中也包含着对故乡、对父母亲人的深刻记忆,而这些都成为叙述80年代的一个重要的缘由与指向。

2022年8月于杭州